KB154160

최초의 모험

헤르만 헤세 산문선

최초의 모험

DAS ERSTE ABENTEUER

이인웅 엮고 옮김

삶에 혼을 불어넣는 추억의 영상들

이인웅 한국외대 명예교수

헤세는 말한다. “나는 작가의 역할이란 무엇보다도 회상시켜주는 일이라고 생각한다. 언어를 통해 무상하게 사라져갈 일을 잊지 않고 간직하는 것이며, 말을 걸어 불러내고 사랑에 찬 서술을 함으로써 과거의 일을 상기시키는 것이다. 그렇지만 옛날의 관념론적 전통에 따라 작가의 임무에는 어느 정도 선생님, 설교자, 경고하는 사람으로서의 역할이 결부되어 있다. 그러나 나는 교훈을 준다는 의미에서라기보다는, 언제나 우리 인생에 혼을 불어넣기 위한 독려의 의미에서 생각하고 있다.”

우리 인간의 삶에 혼을 불어넣기 위해 헤세는 회상의 글을 쓴다. 『페터 카멘친트』, 『수레바퀴 아래서』, 『크눌프』, 『데미안』, 『싯다르타』, 『황야의 이리』, 『나르치스와 골드문트』, 『동방순례』, 『유리알 유희』 등 이미 잘 알려진 위대한 문학작품들뿐만 아니라, 여기 집필연도 순으로 번역 수록한 크고 작은 산문들도 그렇다. 작가가 일생 동안 보고 느끼고, 관찰하고 생각한 많은 것들을 서술한 글이다. 보통 사람이라면 그냥 흘려버릴 무상한 일들이지만, 헤세는 자그마한 체험에서도 우리 독자들에게 영감을 주고 삶에 혼을 불어넣어줄 수 있는 회상의 관조들을 남겨놓은 것이다. 그러면서 헤세는 이렇게 말한다. "사물을 관조하는 일이란 연구하거나 비평하는 것이 아니다. 관조란 바로 사랑이다. 관조한다는 것은 우리 영혼의 가장 고귀하고 가장 소망할 만한 상태로서, 아무런 욕구가 없는 사랑을 하는 것이다."

헤세는 어린 소년으로, 라틴어학교 학생으로, 신학생으로, 탑시계공장 견습공으로, 서점 점원으로, 시와 소설을 쓰는 작가로, 그림 그리는 화가로 일생을 살며 방랑한다. 그는 북방의 독일인으로서 햇빛 찬란한 남쪽 나라 이탈리아를 여행하고, 동양인들이 사는 싱가포르로, 신할라인들의 고향인 실론과 니코바르섬으로 여행한다. 그러면서 세상의 다양한 사람들을 만난다. 그들의 삶과 문화와 종교, 그들에게서 받은 인상과 영혼에 대한 영상들을 혼이 깃든 언어로 쓴다. 건강했던 젊은 시절부터 몸이 굳어지고 병들어가는 노년에 이르기까지 그저 우리의 삶을 관찰하며, 설교나 경고가 아닌 지고한 사랑의 인생 교훈을 심어준다. 하나하나 주옥같은 글들은 우리 삶의 단면을 적나라하게 드러내며, 독자들의 영혼을 흔들고 있다.

헤세가 육십여 년에 걸쳐 쓴 수필 중에서 역자는 25편을 골라 한 권의 책으로 엮어보았다. 일상생활을 하며 언제 어디서나 만날 수 있는 작은 일들에 눈을 돌려 즐거움을 느껴보게끔 우리를 독려하며 매일매일의 구원과 균형을 찾도록 하는 글들이다. 열여덟 살에 맛보았던 아련한 첫사랑의 모험부터 고향마을 칼브의 산기슭에서 그림 그리기에 몰입하는 노년까지 아우른다.

제1차 세계대전 동안 헤세는 반전反戰의 기사와 정치 논설, 경고하는 호소문과 공개서한 등을 발표하면서 독일인들로부터 조국을 배반했다는 비난을 받는다. 그의 책들은 출판 금지된다. 가정 안에서는 아버지의 사망, 아내의 정신분열증, 막내아들의 발병 등으로 극심한 경제적 타격과 함께 심각한 심리적 고통을 겪는다. 그로 인해 1916년 5월부터 약 일 년 넘게 그는 스위스 루체른에서 칼 구스타프 융의 제자 베른하르트 랑 박사에게 정신 상담을 받는다. 이때 치료의 일환으로 '꿈의 형상' 17점을 그리면서 자신의 무력감과 불안감을 표현한다. 이 작업을 통해 헤세는 어느 정도 우울증으로부터 탈출하게 된다. 이때부터 그림 그리기는 그에게 있어 심리적 위기를 극복하고 치유하는 행위가 되며, 크나큰 정신적 위안과 도움을 받는다.

전쟁이 끝난 1919년, 마흔두 살의 나이에 그는 독일을 떠나 스위스 남부 테신 지방의 고요하고 아름다운 소도시 몬타놀라로 이주한다. 은둔처와 같은 이 마을의 '카무치 별장'에서 1931년까지 살면서 시와 소설을 집필하고, 자기치유의 방법으로 아름다운 풍경을 벗 삼아 사람이 전혀 등장하지 않는 수채화를 그린다. 융의 정신분석에서 자연은 전체성의 상징인데, 헤세는 그림 그리기를 통해 우울했던 내면의 안정을 되찾으며 기쁨을 느끼기도 하고 동시에 괴로움을 맛보기도 한다.

헤세는 만년에 이르도록 시를 쓰고 고요한 자연을 그리면서 마음의 안정을 찾는다. 그렇게 3천여 점에 이르는 수채화를 남긴다. 그의 그림은 호수가 내려다보이는 평온한 시골 풍경과 자연의 다채로운 아름다움을 주요 모티프로 삼는다. 살아 움직이는 인간이나 동물이 아니라 파랗게 빛나는 호수와 언제나 묵묵히 서 있는 나무들과 하늘에 떠 있는 흰 구름이 주를 이룬다. 그는 이렇게 고요한 자연을 그리면서 글쓰기 작업도 발전시킬 수 있다는 인식에 도달하며, 글쓰기와 그림 그리기가 하나로 연결된다는 견해를 가지게 된다.

노년기에 쓴 수필에서는 자주 죽음에 대해 얘기한다. 그는 노년을 패배하고 정복당한 것이라 생각하지 않고, 오히려 노년에는 인생의 여러 단계를 거치며 좀 더 현명해지고 더 너그러워지는 것을 기뻐해야 한다고 말한다.

헤세는 새로운 단계의 삶이 시작되고 죽음의 문턱을 넘을 때까지 결코 주눅 들지 않는 모습으로 우리에게 혼을 불어넣고 있다. 독자 여러분들께서는 청년기부터 노년기까지의 수필과 풍경화들 사이에서 마음 속에 간직할 수 있는 영상 한 자락을 발견하시기 바란다.

차례

유년 시절의 어느 인간

Eine Gestalt aus der Kinderzeit

그를 빼놓고서는 매 골목과 우리 작은 도시와 내 유년 시절을 생각할 수 없는, 그 꾸부정하고 늙은 비렁뱅이는 수수께끼 같은 사람이었다. 그의 나이와 과거에 대해서는 그저 애매모호한 추측들만 떠돌아다니고 있었다. 수십 년 전부터는 시민으로서의 이름까지 사라져버렸으며, 우리 윗세대도 그를 '호테 호테 푸츠풀버'라는 신비스런 이름 이외에는 달리 불러본 적이 없었다.

우리 아버지 집은 크고 아름답고 화려했다. 그렇지만 가장 비참하고 가난한 골목 몇 개가 교차하는 암흑 같은 모퉁이에서부터 겨우 열 발자국 정도 떨어져 있었다. 장티푸스가 발생했다면 언제나 이곳에서였고, 한밤중에 술 취한 고함소리와 저주의 욕지거리가 일어나 두 명의 시市경찰관이 아주 천천히 겁먹은 듯 출두한다면, 그것도 이곳에서였다. 그리고 언제고 한번 살인이라든지 기타의 잔인한 사건이 일어났다 하면, 그것도 역시 이곳에서였다. 모든 골목길 중에서 가장 협소하고 가장 어두컴컴한 매 골목은 나에게 언제나 특별한 마력을 발휘했다. 저 위에서부터 아래까지 오로지 적들만 살고 있다 할지라도 강력한 매력으로 내 마음을 끌어들였다. 모든 적들 중에서 가장 무시무시한 자들까지 거기에 살고 있었다. 게르버스아우*에는 유사 이래로 라틴어학교 학생과 공민학교 학생 사이에 불화와 피나는 싸움이 벌어지고 있다는 사실을 알아두어야 할 것이다. 나는 라틴어학교 학생이었다. 그 어두컴컴한 골목길에서 여러 번 돌팔매질을 당하고, 머리와 등에 지독한 주먹질을 당했다. 또한 여러 놈들을 두들겨 패기도 했다. 그것은 나의 명예가 되었다. 이를테면 구두직공 놈과 장다리 푸줏간쟁이 두 놈에게 빈번히 이빨을 드러내며 으르렁댔다. 그들은 명성과 평판이 자자한 반대파 놈들이었다.

* 헤세는 사랑하는 자신의 고향 칼브를 게르버스아우라고 불렀다. 그의 동창생 라인발트와 하르트만은 1949년에 『게르버스아우』라는 제목으로 헤세의 초기 단편들을 2권으로 출판했다.

그러니까 그 늙은 호테 호테가 조그마한 양철 수레를 끌고 게르버스아우에 올 때마다 그는 이 좋지 못한 골목에서 교역을 했다. 그런 일은 매우 자주 일어났다. 그는 어지간히 건장한 난쟁이로 사지는 너무 길고 약간 구부러졌으며, 눈은 어리석게 교활했고, 비꼬는 듯 우직한 색조가 깃든 다 떨어진 옷을 입고 있었다. 언제나 수레를 끌기 때문에 그의 등은 굽어 있었고, 걸음걸이는 터벅터벅하고 무거웠다. 수염이 난 건지 아닌지 잘 알 수가 없었다. 언제나 일주일 전쯤에 면도를 한 것처럼 보였다. 저 악의에 찬 골목에서, 그는 마치 거기서 태어나기라도 한 듯 행동했다. 우리에겐 언제나 이방인으로 통하고 있었지만 사실 거기서 태어났을지도 모른다. 그는 나지막한 문이 달린 높고도 어둠침침한 집들을 모조리 찾아다녔다. 여기저기 높이 달린 창문에도 나타났다. 습하고 검고 구석진 복도로 사라졌다가, 일층과 지하실의 모든 창문에다 대고 소리도 지르고 잡담도 하고 욕질도 해댔다. 늙고 게으르고 더러운 남자들과는 악수를 나누었고, 빗질도 하지 않은 야비하고 부주의한 여자들과는 농지거리를 해댔다. 머리털이 짚처럼 노랗고 철면피하고 소란스런 아이들은 이름까지 알고 있었다. 그는 올라갔다 내려갔다, 나갔다 들어갔다 하였으며, 옷과 동작과 말솜씨는 완전히 그 어둡고 구석진 세계의 지방색을 강하게 풍기고 있었다. 그 세계는 쾌적한 두려움으로 내 마음을 끌어당겼다. 그는 그렇게 가까운 이웃임에도 불구하고 이상스러울 정도로 낯설고 신비한 채로 머물렀다.

우리들은 골목길 끝에 서서 그 비렁뱅이가 나타날 때까지 기다렸다. 그리고 그가 나타날 때마다 여러 가지 음조로 옛날 전투의 함성을 질러댔다. “호테 호테 푸츠풀버!”라고. 대개 그는 조용히 계속 걸어가며, 멸시하는 듯 이쪽을 향해 징그러운 미소를 띠기도 했다. 그러나 때로는 잠복하여 기다리는 듯 머물러 서서, 악의에 찬 눈초리를 하고는 묵직한 머리를 이쪽으로 돌리기도 했다. 그리고 분노를 억제하면서 깊숙한 바지주머니에 천천히 손을 넣기도 했는데, 그것은 아주 음흉하고 위협적인 몸짓이었다.

그 눈초리와 큼직한 갈색의 양손을 바지주머니에 집어넣는 모습 때문인지 나는 여러 번 호테 호테에 대한 꿈을 꾸었다. 나는 그 늙은 비렁뱅이를 생각하고 그를 두려워했으며, 이상하고도 비밀스런 감정에 빠져들게 되었다. 물론 그는 아무것도 알지 못했다. 말하자면 꿈속에는 언제나 흥분되면서 무시무시한 어떤 것이 있었고, 그것은 가위에 눌릴 때처럼 내 가슴을 죄어왔다. 때로는 호테 호테가 깊은 호주머니에 손을 넣어 길고 날카로운 칼을 끄집어냈는데, 나는 그 자리에 묶인 듯 꼼짝하지 못하고 무서워서 머리털이 곤두서는 꿈을 꾸었다. 때로는 그가 소름끼치게 이빨을 드러내고 웃으면서 내 친구들을 모두 양철 수레에 밀어 넣고 그걸 본 나는 놀라움으로 마비되어 그에게 잡힐 때까지 가만있는 꿈도 꾸었다.

그 노인이 다시 찾아올 때면, 이 모든 것이 다시 머리에 떠올랐다. 마음을 두근거리게 하고 흥분시켰다. 그럼에도 불구하고 다른 친구들과 함께 골목 한 모퉁이에 서서 그의 별명을 소리쳤다. 그가 주머니에 손을 집어넣고 면도도 하지 않은 창백한 얼굴을 찡그릴 때면 마냥 웃어댔다. 그때 나는 마음속으로 절망적인 양심의 가책을 느꼈다. 그리고 그가 길을 돌아다닐 동안에는, 비록 밝은 대낮이라 하더라도, 어떤 대가를 준다 해도 혼자서는 매 골목에 들어가지 않았다.

따르던 시골 목사님 집에 놀러 갔다 돌아오는 길에 나는 아름답고 깊은 전나무 숲속을 거닐었다. 때는 이미 저녁이 되었고, 아직 한 시간 반 이상 가야 했기 때문에 걸음을 재촉했다. 커다란 전나무 꼭대기에는 빨간 저녁 햇살이 비스듬히 작열하고 있었다. 길에는 이미 짙은 어스름이 기어들기 시작했다. 그러잖아도 검은 숲은 적의를 품은 듯 어둠이 빽빽이 조여들어왔다. 나는 부드럽고 아름다운 색채를 띤 햇빛을 보는 기쁨에서, 그리고 위안을 얻으려는 마음에서 자주 위를 쳐다보았다. 조용하고 깊은 숲속에 빠르게 찾아드는 어스름이 열한 살짜리 내 가슴을 무섭게 짓눌렀다. 난 결코 비겁하지는 않았다. 최소한 어느 누구도 내게 비겁하다는 말 따위를 거리낌 없이 할 수는 없었을 것이다. 게다가 여기엔 적도 없었고, 눈에 보이는 위험도 없었다—다만 날이 어두워지고, 숲속 한가운데 이상하게도 푸르스름하고 헝클어진 그림자들이 우글거릴 따름이었다. 그리고 멀지 않은 곳에서, 계곡 아래쪽에 있는 에른스트 물방앗간 근방에서 언젠가 한 사람이 맞아 죽은 일이 있었다.

새들도 보금자리에 들었다. 사방은 조용하고 고요했다. 나 이외에 길 가는 사람이라곤 아무도 없었다. 나는 가능한 한 조용히 걸었다. 웬일인지는 모르겠지만, 발이 나무뿌리에 부딪쳐 소리가 나면 깜짝깜짝 놀랐다. 그로 인해 발걸음은 빨라지지 않고 오히려 점점 느려졌다. 그리고 내 머릿속에는 갖가지 전설이 떠올랐다. 나는 뤼베차알*과 '숲속의 세 난쟁이', 그리고 저쪽 에른스트 물방앗간 길에서 죽은 남자를 생각했다.

그때 희미하게 달달거리는 소리가 났다. 나는 걸음을 멈추고 귀를 기울였는데—다시 달달거렸다—등 뒤의 길에서 나는 소리가 틀림없었다. 그러나 보이는 것은 아무것도 없었다. 그동안에 거의 완전히 캄캄해졌기 때문이다. '저건 마차일 거야.' 하고 나는 생각했으며, 그걸 기다리기로 결심했다. 날 태워줄지도 모르니까. 누가 말을 끌고 이 시간에 이곳을 지나갈까 생각해보았다. 그러나 말의 소리는 전혀 들리지 않았다. 미세한 소리로만

* 쉴레지엔주에 있는 리젠게비르게산맥에 산다고 전해지는 괴물 이름.

듣자니 손수레가 분명했다. 너무나 천천히 가까이 다가왔던 것이다. 물론, 손수레였다! 그리고 나는 기다렸다. 추측건대 우유 나르는 손수레로, 아마도 뤼칭 농장에서 오는 것이리라. 아무튼 게르버스아우로 가는 게 틀림없다. 도중에는 마을이 하나도 없기 때문이다. 그래서 나는 기다렸다.

이제 수레와 두 바퀴 위에 높이 쌓아놓은 조그만 상자, 그리고 그 뒤에 몸을 굽히고 걸어가는 남자가 보였다. 무엇 때문에 그는 저렇게 꺼림칙할 정도로 몸을 깊숙이 굽혔을까? 아마도 수레가 무거울 것이었다.

드디어 그가 다가왔다. "안녕하세요." 내가 외쳤다. 끈적끈적한 목소리가 잔기침하듯 답례를 했다. 그 남자는 조그만 손수레를 두세 발짝 더 밀고 와서 내 옆에 멈추었다.

하느님 도와주소서—그것은 호테 호테 푸츠풀버였다! 그는 잠시 나를 쳐다보더니, "게르버스아우로 가니?" 하고 물었다. 그러고는 계속 걸어갔다. 나는 그 옆을 따라갔다. 그렇게 반 시간 동안 갔다—우리 두 사람은 나란히 고요한 암흑을 뚫고 걸었다. 그는 단 한마디도 하지 않았다. 그러나 몇 분마다 혼자서 조용히, 은밀하고 심술궂게 웃었다. 그때마다 사악하고 반쯤은 미친 듯한 웃음소리가 내 골수에 사무쳤다. 나는 말을 하고 싶었고, 보다 더 빨리 걸어가고 싶었다. 그러나 그렇게 하질 못했다. 드디어 간신히 몇 마디의 말을 내뱉었다.

"수레에 있는 게 뭔가요?" 나는 더듬거리며 물었다. 아주 정중하고 수줍은 듯 말했다—골목에서는 수백 번이나 뒤에서 조롱했던 바로 그 호테 호테에게 말이다. 그 비렁뱅이는 머물러 서서 다시 웃고는 손을 비볐다. 이빨을 드러내 웃으면서 천천히 큼직한 오른쪽 손으로 바지주머니를 뒤졌다. 그것은 자주 보았었던, 그리고 꿈을 통해 그 의미를 알고 있던 음흉하고 추악한 몸짓이었다—손에 긴 칼을 잡은 것이다!

절망에 빠진 나는 캄캄한 숲에 메아리칠 정도로 앞으로 내달렸다. 그리고 우리 집 초인종을 누를 때까지 겁에 질려 숨이 막힐 듯 쉬지 않고 달렸다.

그것이 호테 호테 푸츠폴버였다. 그후 나는 소년에서 어른으로 성장했다. 우리 작은 도시도 커졌지만, 별로 아름다워지지는 않았다. 뿐만 아니라 매 골목에도 몇 가지 변화가 있었다. 그러나 옛날 비렁뱅이는 여전히 찾아온다. 지하실 창문을 들여다보고, 축축한 현관으로 들어가고, 여자들과 농지거리를 하고, 머리털이 짚처럼 노란 어린아이들은 모두 그 이름을 알고 있다. 그 당시보다 약간 늙어 보이긴 해도 별로 변하지 않았다. 훗날 내 자식들도 매 골목 모퉁이에서 그를 기다렸다가 옛날 그 별명을 불러댈 것이라 생각하니, 이상야릇한 기분이 든다. —1904

Häuserreihe hinter Bäumen.
나무들 뒤의 가옥들.
수채화, 1922년 7월.

최초의 모험

Das erste Abenteuer

체험했던 일이 낯설어지기도 하고, 기억에서 말끔히 사라질 수도 있다니 참으로 이상한 일이다. 수없이 많은 체험과 함께 우리는 여러 해를 완전히 잊어버릴 수도 있다. 나는 가끔 어린아이들이 학교를 향해 달음박질치는 것을 바라보지만, 내 자신의 어린 시절을 생각하지는 않는다. 고등학생을 보기도 하지만, 나도 옛날에 그런 학생이었다는 것을 별로 느끼지 못한다. 기계공들이 작업장으로 가고 경박한 차림의 점원들이 일터로 가는 것을 바라보면서도, 내가 옛날에 그와 똑같은 길을 걸었고, 청색 작업복이나 팔꿈치가 빤질빤질 닳은 사무

복을 입고 있었다는 사실을 떠올리지 못한다. 또한 서점에서 한창 주목받고 있는 드레스덴 피에르손 출판사가 출간한 18세 소년의 시집을 바라보면서도 언젠가 나도 그와 같은 시를 썼으며, 더욱이 그런 작가 대열에 속했었다는 생각조차 하지 않는다.

그러다가 언젠가 산책길에서 혹은 기차를 타고 가는 중에, 아니면 잠 못 이루는 밤에 완전히 잊었던 한 조각의 인생이 다시 나타난다. 그리고 무대 세트처럼 눈부신 조명을 받으며 사소한 일들 하나하나가, 모든 이름과 장소와 소음과 냄새들이 내 앞에 생생히 나타나는 것이다. 어젯밤에 바로 그런 일이 있었다. 그 당시에는 절대로 잊지 못할 것이라고 여겼었지만 수년 동안 깨끗이 잊어버렸던 체험이 다시 내 앞에 나타난 것이다. 그것은 마치 책이나 주머니칼을 잃어버려 섭섭했지만 곧 완전히 잊어버렸다가 어느 날 서랍 속의 옛 잡동사니 사이에 묻혀 있는 것을 찾아내 다시 갖게 되는 것과 꼭 같은 일이다.

나는 열여덟 살이었고 기계 자물쇠 공장에서의 수습 기간이 끝나갈 무렵이었다. 얼마 전부터 나는 이 분야에서 별로 성공하지 못하리라는 것을 인식하고, 다시 한번 직업을 바꾸기로 결심했다. 아버지께 말씀드릴 기회가 올 때까지는 그대로 거기에 머문 채, 마치 이미 공장을 그만두고 여러 가지 길이 자기를 기다린다는 것을 의식하는 사람처럼 반쯤은 불쾌하게, 그리고 반쯤은 즐겁게 일하고 있었다.

그 당시 우리 작업장에는 무급 견습공이 하나 있었다. 그는 이웃 소도시에 사는 부유한 부인과 친척이라는 이유로 특별한 위치를 점하고 있었다. 그 부인은 공장주의 젊은 과부로 조그마한 별장에 살고 있었다. 멋진 자가용과 승마용 말이 있었으며, 아주 오만하고 성질이 괴팍하다고 했다. 부인들이 모여 함께 커피를 마시는 데 참석하는 대신 승마나 낚시를 하고 튤립을 재배하고 베른하르트종種 개를 길렀다. 사람들은 질투심과 노여움에서 그녀에 대해 떠들어댔는데, 그녀가 자주 여행가는 슈투트가르트와 뮌헨에서는 아주 사교적일 수 있다는 것을 알고 난 이후에는 더욱 그러했다.

그녀의 조카가 우리 공장에서 견습공이 된 이후로, 벌써 세 번이나 이 기적 같은 여인이 작업장에 와서 자기 친척을 만나보고 우리 기계를 구경했다. 섬세하게 화장을 한 그녀가 호기심이 가득 찬 눈으로 익살스런 질문을 하면서 그을린 공장 안을 걸어 다닐 때면 무척 우아하게 보였고 내게 깊은 인상을 남겼다. 소녀처럼 산뜻하고 소박한 얼굴에 밝은 금발을 한 키가 큰 여인이었다. 우리는 자물쇠 제조공의 기름 묻은 작업복을 입고 검은 손과 얼굴을 하고 선 채 공주님이 우리를 방문한 것 같은 기분을 맛보았다. 그때마다 느낀 점이지만, 그런 행사는 우리 사회민주주의 관점에는 전혀 어울리지 않았다.

Traumgarten.
꿈속의 정원.
수채화, 1920년.

그러던 어느 날 오후의 중간 휴식 시간에 그 무급 견습공이 내게 와서 말했다. "일요일에 우리 아주머니 집에 함께 놀러 가겠니? 아주머니가 널 초대했어."

"날 초대했다고? 바보 같은 농담 마. 그렇잖으면 네놈 코를 소화기통 속에 쑤셔 넣어버릴 테다." 그러나 그것은 진짜였다. 그녀가 일요일 저녁 식사에 나를 초대했던 것이다. 열 시 기차로 우리는 집으로 돌아올 수 있을 것이고, 우리가 좀 더 머물고 싶다면 타고 올 차를 내어줄 수도 있을 것이다.

호화판 자가용을 가지고 있으며, 하인과 두 하녀와 마부와 정원사를 거느리고 있는 귀부인과 교제한다는 것은 당시의 나로서는 상상도 할 수 없는 일이었다. 그러나 이런 생각은 내가 이미 들뜬 기분으로 초대에 응한 뒤, 일요일에 노란색 양복을 입어도 괜찮을까 물어본 다음에야 떠올랐다.

토요일까지 나는 굉장한 흥분과 기쁨에 젖어 돌아다녔다. 그다음에는 두려움이 엄습해왔다. 무슨 이야기를 하고, 어떻게 행동하며, 그녀와 어떻게 말을 섞을 것인가? 언제나 자랑스럽게 여기던 양복은 주름과 얼룩투성이였고, 옷깃 가장자리는 낡아 너덜너덜했다. 뿐만 아니라 모자도 낡고 초라했다. 이 모든 결점은 내가 가진 세 개의 화려한 물건—끝이 뾰족한 반장화와 반짝거리는 빨간 반 실크넥타이, 그리고 니켈 테를 한 코안경—으로도 보완할 수 없었다.

일요일 저녁에 나는 견습공과 함께 흥분과 당황으로 어쩔 줄 모르며 걸어서 제틀링엔으로 갔다. 마침내 별장이 보였다. 우리는 외국산 소나무와 실측백나무 아래 있는 격자문 앞에 섰다. 개 짖는 소리가 초인종 소리에 뒤섞였다. 하인이 말 없이 우리를 안내했다. 그는 내 바짓가랑이를 향해 달려드는 커다란 개들로부터 보호는 해주었지만, 우리를 하찮게 취급했다. 두려운 마음으로 나는 여러 달 동안 이렇게 깨끗해본 적이 없는 내 손을 바라보았다. 저녁이 되기 전에 반 시간 동안이나 휘발유와 연성 비누로 손을 깨끗이 닦았다.

귀부인은 소박하고 밝은 청색 여름옷을 입고 응접실에서 우리를 맞았다. 우리 두 사람과 악수하고 자리에 앉으라 권한 뒤, 저녁 식사가 곧 준비될 것이라고 말했다.

"당신은 근시인가요?" 그녀가 나에게 물었다.

"네, 약간."

"코안경이 전혀 어울리지 않아요. 알겠어요?" 나는 안경을 벗어 주머니에 집어넣고, 언짢은 표정을 지었다.

"당신도 소찌Sozi인가요?" 그녀가 계속 물었다.

"사회민주주의자 말씀입니까? 네, 물론입니다."

"대체 무슨 이유에서지요?"

"확신하기 때문입니다."

"아, 그래요. 그런데 넥타이가 참 예쁘군요. 자, 식사를 하도록 하지요. 시장들 하시죠?"

옆방에 세 사람분의 그릇이 놓여 있었다. 세 가지 컵을 제외하고는 내 기대와는 달리 나를 당황케 할 만한 것이 아무것도 없었다. 쇠골로 만든 수프와 등심구이, 야채와 샐러드와 케이크. 모두 내가 창피를 당하지 않고도 먹을 줄 아는 것들이었다. 귀부인이 포도주를 손수 따랐다. 식사하는 동안 그녀는 거의 자기 친척하고만 이야기했다. 맛있는 음식과 함께 술기운이 작용했으므로, 나는 곧 기분이 좋아지고 어느 정도 자신감도 생기게 되었다.

식사 후에 포도주잔은 응접실로 옮겨졌다. 질이 좋은 시가를 권유받고 놀라울 만큼 빨갛고 황금빛이 도는 초에 불이 켜졌을 때, 내 기분은 고조되어 있었다. 이제 나도 감히 귀부인을 쳐다볼 수 있게 되었다. 그 여인은 너무나도 섬세하고 아름다워서, 나는 몇 개의 장편소설과 문예란 기사를 읽고 난 후 막연한 그리움에 젖어 상상하고 있던, 저 고귀한 세계의 성스런 영역으로 옮겨와 있는 듯 오만한 느낌이 들었다.

우리는 아주 활발한 대화를 하기에 이르렀다. 조금 전에 부인이 사회민주주의와 빨간 넥타이에 관해 말한 것에 대해 농담을 할 수 있을 정도로 나는 대담해졌다. "당신 말이 옳아요." 그녀는 미소를 지으며 말했다. "확신하는 바를 그대로 지키세요. 그러나 넥타이를 너무 비뚤어지게 매진 말아요. 자, 이렇게—."

그녀가 내 앞에 서서 몸을 굽히고는, 두 손으로 넥타이를 잡아 이리저리 움직였다. 그때 놀랍게도 그녀가 손가락 두 개를 벌어진 와이셔츠 틈으로 밀어 넣어 살며시 내 가슴을 매만지고 있다는 것을 느꼈다. 놀라서 올려다보자, 그녀는 두 손가락을 다시 한 번 꽉 누르면서 내 눈을 뚫이져라 바라보았다.

아 맙소사, 나는 가슴이 몹시 두근거렸다. 그러는 동안에 그녀는 물러서서 넥타이를 바라보는 것처럼 행동했다. 그녀는 나를 진지하게 바라보며 천천히 고개를 끄덕거렸다.

"저쪽 구석방에 있는 장난감 상자를 좀 가져오지." 그녀는 잡지를 뒤적거리고 있는 견습공에게 말했다. "그래, 좀 가져와." 그가 나가자 그녀는 눈을 크게 뜨고 천천히 내게로 다가왔다. "아, 당신!" 그녀는 조용하고 부드럽게 말했다. "당신은 참 사랑스러워."

이렇게 말하며 그녀는 내게 얼굴을 가까이 했다. 우리의 입술이 소리 없이 불타는 듯 맞닿았다. 다시 그리고 또다시 한 번. 나는 그녀를 휘감았고, 크고 아름다운 여인을 아플 정도로 힘껏 껴안았다. 그러자 그녀는 다시 내 입술을 찾았다. 키스를 하는 동안 그녀의 눈빛이 반짝거렸다.

견습공이 장난감을 가지고 돌아왔다. 자리에 앉아서 우리 세 사람은 초콜릿 캔디가 걸린 주사위놀이를 했다. 그녀는 상당히 명랑해져서 주사위를 던질 때마다 농담을 했다. 나는 한마디 말도 입 밖에 내지 못했다. 숨쉬기조차 어려웠다. 그녀는 책상 밑으로 여러 번 팔을 뻗어 내 손을 만지작거리거나 내 무릎 위에 손을 올려놓기도 했다.

열 시쯤에 견습공은 가야 할 시간이라고 말했다.

"당신도 벌써 가나요?" 그녀는 그렇게 물으며 나를 쳐다보았다. 나는 연애에 경험이 없었으므로 더듬더듬 시간이 되었다고 말하고는 일어섰다.

"자, 그렇다면" 하고 그녀가 말하자 견습공도 일어섰다. 나는 문 쪽으로 그를 따라갔다. 그러나 그가 문지방을 넘었을 바로 그때, 그녀는 내 팔을 잡고 자기에게로 끌어당겼다. 밖으로 나가면서 그녀가 속삭였다. "좀, 약게 굴어봐요, 약게요." 그 말도 나는 이해하지 못했다.

작별을 하고 우리는 정거장으로 달려갔다. 표를 샀고, 견습공이 차에 올라탔다. 그러나 나는 동행을 필요로 하지 않았다. 그저 첫 번째 난간에 매달려 있다가, 기관사가 기적을 울렸을 때 뛰어내렸고 뒤에 남았다. 때는 이미 캄캄한 밤이었다.

나는 도둑처럼 그녀의 정원과 불 켜진 격자문을 지났다. 저리고 슬픈 마음으로 긴 시골길을 걸어 집으로 돌아왔다. 고귀한 부인이 나를 좋아했다! 마술 나라가 내 앞에 펼쳐진 것이다. 우연히 주머니에서 니켈 테를 한 코안경을 발견했을 때 나는 그것을 길가 웅덩이에 던져버렸다.

다음 일요일에 무급 견습공은 다시 점심식사 초대를 받았다. 그러나 나는 받지 못했다. 그 후로 그녀는 작업장에 나타나지 않았다.

나는 늦은 저녁이나 일요일에 자주 제틀링엔을 찾아갔다. 석 달 동안이나. 격자문 밖에서 귀를 기울이고 정원 주위를 맴돌고는 했다. 개가 짖는 소리와 측백나무 사이로 바람 부는 소리를 들었다. 불 켜진 방을 바라보며 나는 생각했다. 그녀가 한 번쯤은 날 보게 되리라고. 그녀는 날 정말 좋아한다고. 언젠가는 집 안에서 마음을 어루만져주는 듯 감미로운 피아노 소리가 들려왔다. 나는 담에 기대앉아 눈물을 흘렸다.

그러나 더 이상 하인이 날 안내해 들이지도 않았고, 개가 달려들지 못하게 보호해주지도 않았다. 더 이상 그녀의 손이 내 손을, 그녀의 입술이 내 입술을 스치지도 않았다. 꿈속에서만 그런 일이 몇 번 일어났다. 그저 꿈속에서만. 그리고 나는 늦가을에 자물쇠 공장을 그만두고 푸른 작업복을 영원히 벗어버렸으며, 다른 도시로 멀리 떠나갔다. —1905

잠 못 이루는 밤

Schlaflose Nächte

늦은 밤에 그대는 침대에 누워 있으면서도 잠을 이룰 수가 없다. 거리는 고요하고, 정원에서는 가끔 바람이 나무를 스쳐 지나간다. 어디선가 개가 짖어대고, 먼 도로에는 마차 한 대가 지나간다. 그대는 그 소리에 세심하게 귀 기울이며, 흔들거리는 소음을 듣고는 그것이 스프링으로 된 마차라는 것을 알아낸다. 머릿속으로 계속 그 마차를 추적한다. 마차는 모퉁이를 돌아서 갑자기 속력을 내어 달린다. 성급히 구르는 마차 소리는 곧 거대한 고요 속으로 사라져버린다.

그다음에 뒤늦게 보행자가 나타난다. 그는 재빨리 발을 옮긴다. 발걸음 소리는 텅 빈 거리에 이상스러울 정도로 울린다. 그는 멈추어 서서 문을 열고 들어가서 다시 문을 닫는다. 그러자 거대한 고요가 깃든다. 다시 그리고 또다시 한 조각의 조그마한 생명의 소리가 울려온다. 그 소리는 점점 쇠약해지고 점점 잦아든다. 그다음에는 모든 것이 지쳐버린 시간이 온다. 그럼 아주 나지막한 바람소리와 양탄자 밑에서 흘러내리는 모르타르 입자 소리가 크게 들리고 뚜렷해져서 그대의 감각을 자극한다. 그런데도 잠은 오지 않는다. 피로감만이 두 눈과 상념들 위에 미세한 장막을 친다. 그대는 끊임없이 흐르는 피가 귓전에 울리는 소리를 듣게 되고, 아파오는 머릿속에서 열이 오르는 미세한 생명의 소리를 듣게 된다. 그리고 사방으로 퍼져 있는 혈관에서는 규칙적이면서도 헝클어진 듯 맥박의 고동을 느끼게 된다.

이리저리 몸을 뒤척거려도 소용없고, 일어났다가 다시 누워도 아무런 소용이 없다. 어떤 방법으로도 스스로 헤어날 수 없는 수많은 시간들 중 하나다. 여러 가지 생각과 동요하는 기분과 회상들이 그대의 내면을 지배하게 된다. 옛날처럼 이런 것들을 함께 이야기하며 없애버릴 만한 친구도 없다. 타향에 살고 있는 사람에겐 고향집과 정원, 그리고 어린 시절이 눈앞에 떠오른다. 아주 자유스럽고도 잊을 수 없는 유년 시절을 보냈던 숲들과 소란을 피우며 장난치던 방들과 계단이 생각난다. 낯설고도 진지하며 늙으신 부모님의 영상이 사랑과 근심과 약간의 꾸중하는 눈빛을 띠고 나타난다. 손을 뻗어 마주 내민 오른손을 찾아보지만 헛된 일이다. 커다란 슬픔과 고독이 엄습해오고, 그 위에 다른 형상들이 덮쳐온다. 이런 시간에 진지하게 사로잡힌 기분으로는 그 모든 것이 우리를 슬프게 한다. 젊은 시절에 자기와 가장 가까운 사람을 고통스럽게 하고, 사랑을 거절하고, 호의를 경멸해보지 않은 사람이 누가 있단 말인가. 자기를 위해 마련된 행복을 반항과 오만 때문에 놓쳐버리지 않은 사람이 누가 있단 말인가. 타인이나 자기 자신의 경외심을 한 번쯤 손상시키고, 멍청한 말을 하고 약속을 지키지 않으며, 마음을 아프게 하는 아름답지 못한 몸짓으로 친구들에게 잘못을 저지르지 않은 사람이 누가 있단 말인가? 이 모든 것들이 이제 그대 앞에 서 있다. 한마디 말도 하지 않고 조용한 눈길로 그대를 바라보고 있다. 그대는 그것들 앞에서, 그리고 그대 자신 앞에서 부끄러움을 느끼게 된다.

활동과 소란과 오락으로 가득 찬 날들을 지내면서, 그대는 얼마나 많은 밤들을 바로 이 침대에서 아무런 근심 없이 잠들 수 있었는가 하는 생각이 떠오른다. 그리고 오늘처럼 그대 자신을 말 없고 꾸밈없는 친구로 삼은 적이 상상할 수 없을 정도로 오래되었다는 생각도 든다. 그대는 분별없이 마구 살아왔으며, 최근까지도 수없이 많이 보고, 말하고, 듣고, 웃었다. 그 모든 것이 지금은 마치 존재하지 않았던 것 같으며, 모든 것이 낯설어져서 그대로부터 떨어져나간다. 반면에 그대 유년 시절의 파란 하늘과 오래전에 잊어버린 고향의 모습들, 그리고 옛날에 세상을 떠난 사람들의 목소리가 무시무시할 정도로 가까이 다가와 현존하게 된다.

잠이란 자연의 가장 값진 자비 중의 하나로서 친구이자 애인이며, 마술사이자 조용한 위안자다. 불면의 고통을 아는 자, 열병에 걸린 듯 겨우 반 시간 정도 꾸벅 조는 것으로 만족하는 자들은 진정 내 마음을 아프게 한다. 그러나 어떤 사람이 일생을 살아오면서 한 번도 잠 못 이루는 밤을 가져본 적이 없다면, 그리고 만일 내가 그 사실을 알게 됐다면, 난 그 사람을 결코 좋아할 수 없을 것이다. 왜냐하면 그런 인간은 틀림없이 아주 천진무구한 영혼을 지닌 자연아自然兒일 것이기 때문이다.

마비시키는 듯 빠른 속도의 삶을 살아가면서 우리의 영혼이 스스로를 의식할 수 있는 시간은 거의 없어졌다. 감각생활과 정신생활이 뒤로 물러서고 영혼이 적나라하게 회상과 양심의 거울 앞에 마주 서는 시간이란 놀랄 정도로 적다. 이러한 일은 아마 커다란 고통을 체험할 때 생길 것이다. 어머니의 관 곁에서나, 병상에서 다시 일어났을 때나, 혹은 길고도 고독한 여행을 하고난 끝에 다시 집으로 돌아온 직후 몇 시간 동안에 그런 일이 일어날지도 모른다. 그러나 이런 일은 언제나 방해와 혼탁 속에서 진행된다. 바로 여기에 그렇게 지새운 밤들의 가치가 있는 것이다. 이러한 밤들에 있어서만 영혼은 별다른 외적 충격 없이도 올바른 길로 갈 수 있다. 그것이 비록 놀라움이나 두려움, 심판이나 비애로 통한다고 할지라도 말이다. 우리가 낮 동안에 이끌어가고 있는 정서생활이란 결코 그만큼 순수하지 못하다. 감각이 격렬하게 살아있어도 이성이 거세게 앞으로 밀고 나온다. 그러면서 이성은 감정의 움직임에 심판하는 목소리를 내고, 섬세하게 비교하는 충동과 섬세하게 분해하는 재치의 충동을 혼합시킨다. 반쯤 졸고 있는 영혼은 이런 일이 일어나게 내버려두고 있으며, 이러한 예속과 억압 상태에서 여러 날과 여러 달 동안 절반의 삶을 살아간다. 그러다가 육신은 잠들고 영혼만 깨어있는 시간인 밤이 온다. 영혼은 근심에 젖어 잠 못 이루는 밤에 현실의 사슬을 풀어버리고, 독자적인 생명감이 넘치는 충만함으로 우리를 급습해 깜짝 놀라게 한다. 때때로 우리 인생이 형식뿐만은 아니라는 점, 우리 내면에 외적인 것에 영향받거나 변화되지 않는 위력을 지니고 있다는 점, 그리고 우리가 결코 마음대로 하지 못하는 목소리가 우리 내면에서 말하고 있다는 점을 깨닫는 것은 유익한 일이다. 진실한 자와 그 어떤 믿음을 가진 자는 기꺼이 이러한 목소리에 경의를 표하고 심오해진 견해를 지니고 그러한 시간들을 벗어나는 것이다.

병으로서의 불면에 대해서도 한마디 하고자 한다. 혹 쓸데없는 일일지도 모른다. 왜냐하면 잠을 이루지 못하는 사람은 모두 내가 말하려는 것을 잘 알고 있기 때문이다. 그러나 그들에게 잘 알려져 있으면서도 이야기의 대상이 되지 못한다는 점 때문에 기꺼이 읽을지도 모른다. 바로 잠을 이룰 수 없는 상태가 가져다주는 내면 교육을 말하는 것이다. 질병으로서의 상태 그리고 기다려야만 한다는 점 모두 틀림없는 스승이다. 특히 모든 신경성 고통의 교훈이 감동적이다. 말과 행동에 있어서 비상할 정도로 조심스러워하는 예민함과 섬세한 관용을 내보이는 사람에 대해 우리는 보통 "그 사람은 몹시 괴로워했을 거야"라고 말한다. 자신의 육체와 생각을 지배하는 것에 있어서는 잠 못 이루는 사람들의 학교처럼 잘 가르쳐주는 곳이 없는 법이다. 섬세하게 잡아주고 아껴주는 일은 이러한 일을 필요로 하는 사람만이 할 수 있다. 부드럽게 관찰하고 사랑에 가득 찬 마음으로 사물을 신중히 고려하며 영혼 깊숙이 꿰뚫어 보고 모든 인간적인 약점을 선한 마음으로 이해한다는 것은, 잠 못 이루는 밤의 고독한 정적 속에서 자유분방한 사고를 해본 사람만이 할 수 있다. 살아가는 동안에 여러 번 뜬눈으로 밤을 지새우며 조용히 누워 있던 사람들을 찾아내는 것은 어렵지 않은 일이다.

불면이 가진 또 하나의 교육적 가치를 언급하고자 하는데, 이는 물론 다른 관계에서 보다 상세히 관찰할 수 있는 것이다. 잠을 이루지 못한다는 것은 경외심의 집합이다. 모든 사물에 대한 경외심, 즉 아주 검소한 인생에 지속적으로 고양된 기분의 향기를 쏟아 넣을 수 있는 경외심과 시적이며 위대한 예술성의 최고

조건인 경외심의 집합체인 것이다.

어느 잠 못 이루는 자가 침대에 누워 있는 것을 생각해보자. 시간은 지겨울 정도로 느리고 고요하게 흘러간다. 첫 시간과 다음 시간에 치는 종소리 사이에는 무한하게 넓고도 검은 심연이 놓여 있다—우리는 한 마리의 쥐가 오르락내리락하는 소리와 마차가 굴러가는 소리, 시계가 똑딱거리는 소리와 분수가 솟아오르는 소음, 그리고 바람 부는 소리와 가구가 삐걱거리는 소리를 얼마나 자주 들어왔던가! 우리는 거기에 주의를 기울이지 않은 채 그 소리들을 들어왔다. 그러나 이제는 이 고독과 쥐죽은 듯한 고요함 속에서 그리움에 가득 찬 마음으로 옆을 스쳐 지나가는 모든 생명의 입김에 매달리고 있다. 굴러가는 마차 소리를 생생하게 기억하며, 그 무게와 생김새, 말들의 피로함이나 힘을 추정해보고, 그 마차가 달리고 있는 거리와 굽어 들어갈 다음 거리를 알아맞히려 하고 있다. 아니면 치솟는 분수에 생각을 집중시킨다! 환자가 자기를 문병하러 오는, 건강한 기운과 바깥 생활의 광채를 그의 고독 속으로 함께 가져온 친구의 이야기에 귀를 기울이듯이, 우리는 분수 소리가 보드라운 음악인 양 감사한 마음으로 귀를 기울인다. 물이 찰랑이는 분수지에 물줄기가 떨어지는 소리를 듣고, 수조에서보다 유연하고 불규칙적으로 물이 흘러내리는 소리를 듣는다. 그 끊임없는 속삭임에서 하나의 리듬을 찾아내려 하고 함께 박자를 맞추어 흥얼거리다가는 다시 입을 다물어버리고, 분수 홀로 계속 노래하는 소리를 듣는다. 꿈을 꾸듯이 우리는 계속해서 흘러내리는 물이 시냇물과 강물을 통해 바다로 흘러가는 것을 생각하고, 다시 영원한 생성과 사멸의 요람임을 돌이켜 생각한다. 그 너머에서 영혼의 짜임, 즉 몽롱한 사상의 체계가 형성되기 시작한다. 이제까지 불가해하고 헝클어져 보였던 인생이 우리 앞에 사지를 쭉 펴고, 모든 관계와 법칙들이 갑자기 체험한 듯 명확하게 나타나는 것이다.

하나의 분수에 귀를 기울이는 것으로부터 시작하여 모든 사건의 논리성에 대한 감탄과 베일로 가려진 인생의 마지막 비밀에 대한 경탄에 이르기까지의 길을, 우리는 이러한 밤 시간이 아니면 그렇게 인내심 있고 주의 깊고 진지하게 걸어보지는 못할 것이다.

이런 식으로 잠 못 이루는 사람들은 확실히 그 괴로움에서 덕을 쌓았을 것이다. 나는 그들 모두의 고통 속에 인내가 있기를 바라며, 가능한 곳에서는 치유가 있기를 바란다. 그러나 모든 경박한 사람들과 되는 대로 살아가는 사람들, 그리고 건강을 자랑삼는 사람들에게는, 가끔은 그들이 잠을 이루지 못한 채 자리에 누워서 비난으로 가득 찬 그들 내면의 출현을 저항 없이 받아들이기를 소망한다. —1905

Locarno bei Nacht.
로카르노의 밤.
유성 초크 스케치, 1917년 4월.

어느 젊은이의 편지

Brief eines Jünglings

존경하는 부인!

당신은 언젠가 저에게 당신 앞으로 편지를 쓰라고 권하셨습니다. 문학적으로 재능 있는 젊은이가 연모하는 아름다운 여인에게 편지를 쓰는 건 값진 일이라고 당신은 생각했던 것입니다. 당신 말이 옳습니다. 그건 정말 값진 일입니다.

그뿐만 아니라 당신은 내가 말하는 것보다 글을 훨씬 잘 쓸 수 있다는 것도 알아차리셨습니다. 그래서 이 글을 쓰는 것입니다. 이것이 당신의 마음을 조금이라도 즐겁게 해드릴 수 있는 유일한 가능성이라면 기꺼이 그렇게 하고 싶습니다. 왜냐하면 당신을 사랑하기 때문입니다. 부인, 상세하게 말하는 것을 허락해주시기 바랍니다! 그렇지 않으면 저를 오해할지도 모르기 때문에 꼭 그리해야만 합니다. 그리고 이 편지가 당신에게 보내는 유일한 글이 될 것이기 때문에 그래야 온당할 것입니다. 이것으로 서론은 충분하겠지요.

열여섯 살이었을 때, 저는 조숙한 우울감에 사로잡혀 소년 시절의 기쁨이 낯설어지고 사라져가는 것을 느꼈습니다. 어린 동생이 모래 속에 굴을 파고, 창을 던지고, 나비를 잡는 것을 바라보면서 그때 동생이 느끼던 즐거움과 그의 열정적인 진지함을 부러워했습니다. 아직도 기억할 수 있습니다. 언제부터인지 무엇 때문인지도 몰랐지만, 제겐 이런 기쁨이 없었습니다. 아직 성인들의 오락에는 참여할 수 없었기 때문에 그 자리는 불만족과 그리움만이 차지했습니다.

광장히 열렬하게 그러나 지속성은 없이, 저

는 때로는 역사를 때로는 자연과학을 공부했습니다. 일주일 동안은 매일 밤늦게까지 식물학 표본을 만들고, 그다음 두 주일 동안은 오로지 괴테만을 읽었습니다. 저는 고독했으며, 또 제 의지와는 반대로 생활의 모든 관계로부터 분리되었다고 느꼈습니다. 그리고 이런 생활과 저 사이의 간격을 본능적으로 지식과 인식을 통해 극복하고자 했습니다. 처음으로 저는 우리의 정원을 도시와 계곡의 일부로, 계곡을 산악의 한 단면으로, 그리고 산악을 지구 표면의 분명히 경계를 이룬 한 조각으로 파악하게 되었습니다.

처음으로 저는 별들을 천체로, 산들의 형태를 필연적으로 생겨난 지구력地球力의 산물로 관찰했으며, 각 민족의 역사를 지구 역사의 일부분으로 이해했습니다. 당시에는 그것을 말로 표현하거나 이름 지어 부를 수 없었지만, 그것은 저의 내면에 깃들었으며 점점 크게 자라가고 있었습니다.

간단히 말해서, 저는 그 시절에 사색하기를 시작했던 것입니다. 그래서 제 인생이 조건적이고 제한적이라는 점을 인식하였습니다. 그와 더불어 제 마음속에는 어린 아이로서는 아직 알지 못하는 소망이, 제 인생을 가능한 한 착하고 아름다운 것으로 만들어야겠다는 소망이 깨어났습니다. 아마도 모든 젊은이들이 그와 비슷한 체험을 할 것입니다. 하지만 저는 그것을 제게도 찾아왔던, 완전히 개인적인 체험이었던 것처럼 이야기하는 것입니다.

이룰 수 없는 것에 대한 동경으로 불만족스럽게 일그러진 채 저는 몇 개월 동안을 부지런하지만 불안하게, 불타는 듯하면서도 따스함을 요구하면서 살아갔습니다. 때때로 자연이 저보다 더 영리했으며, 제가 지닌 고통스런 수수께끼를 풀어주었습니다. 어느 날 갑자기 저는 사랑에 빠지게 되었고, 예기치도 않게 삶에 대한 관계를 모두 이전보다 더 강하고 다양하게 다시 맺게 되었습니다.

그 이후로 저는 보다 더 위대하고 보다 더 값진 날들을 보냈습니다. 그렇게 따스하고 그렇게도 끊임없이 흐르는 감정으로 충만한 세월을 살아본 적이 없을 정도입니다. 첫사랑 이야기는 하지 않겠습니다. 그것이 중요한 건 아니니까요. 외적인 상황이 완전히 다를 수도 있었을 것입니다. 그러나 그 당시 제가 살아왔던 인생을 약간이나마 이야기해보겠습니다. 물론 제대로 해내지 못하리란 점을 알고 있지만 말입니다. 아무튼 그 성급한 탐색은 끝이 났습니다. 갑자기 저는 활발히 살아가는 세상 한가운데 서게 되었고, 뻗어 내리는 수천 개의 실뿌리로 대지와 인간들에 결부되어 있었습니다. 저의 감각은 변해서 보다 더 날카롭고 활기에 찬 것처럼 보였습니다. 특히 눈이 그러했지요. 저는 옛날과 완전히 다르게 보았습니다. 저는 마치 예술가와도 같이, 보다 밝고 보다 다채롭게 보았으며 순수한 관찰에 기쁨을 느꼈습니다.

우리 집 정원은 여름날의 화려한 장관을 이루고 있었습니다. 거기엔 꽃 피는 관목과 나무들이 빽빽한 여름 잎들과 함께 깊은 하늘을 향해 뻗어 있었고, 담쟁이넝쿨은 높은 받침대를 따라 자라고 있었으며, 그 위로는 불그레한 암벽과 검푸른 전나무가 들어선 산이 우뚝 솟아 있었습니다. 저는 가만히 서서 그것을 바라보았습니다. 하나하나의 모든 것이 놀라울 정도로 아름답고 생생하며, 다채롭고 찬연하다는 데 감동을 받았습니다. 수많은 꽃들은 꽃줄기 위에서 보드랍게 흔들거리고, 오색찬란한 꽃받침으로부터 감동적일 만큼 상냥하고 은밀하게 바라보고 있었습니다. 저는 어느 시인의 노래처럼 그 꽃을 사랑하고 향유했습니다. 예전에는 아무런 관심도 없던 수많은 소음들까지도 제 주의를 끌고 말을 걸어오며 마음을 사로잡았습니다. 전나무와 풀숲을 스쳐가는 바람 소리, 초원에서 울어 대는 귀뚜라미 소리와 멀리에서 울려오는 천둥소리, 방파제 앞을 흘러가는 시냇물의 졸졸거리는 소리와 수많은 새들의 지저귀는 소리가 그러했지요. 저녁이면 금빛 황혼 속에 춤을 추는 파리 떼를 보고 그 소리를 들었으며, 연못에서 울어대는 개구리 소리에 귀를 기울였습니다. 수천 가지의 하찮것없는 사물들이 갑자기 다정스럽고 중요해지며, 각가지 체험처럼 저를 감동시켰습니다. 예를 들면 아침에 시간을 보내기 위해 정원의 화단에 물을 줄 때, 대지와 꽃나무 뿌리들은 감사하는 듯 탐욕적으로 물을 들이마셨습니다. 조그마한 파랑 나비가 정오의 광채 속에서 술 취한 듯 너울거리며 춤추는 것을 바라보기도 했습니다. 혹은 어린 장미꽃이 피어나는 모습을 관찰하기도 했지요. 아니면 저녁에 나룻배를 타고 손을 내려뜨려 물에 담그고서, 그 보드랍고 미지근한 시냇물이 손가락 사이로 스쳐가는 것을 느껴 보기도 했습니다.

어찌할 바를 모르던 첫사랑의 고통이 저를 괴롭히던 동안에는, 그리고 알 수 없는 고뇌와 매일매일의 그리움과 희망과 절망이 제 마음을 감동시키던 동안에는 우울한 마음과 사랑에 대한 두려움에도 불구하고 깊은 마음속으로는 매 순간마다 행복했습니다. 주위에 존재하는 모든 것이 사랑스러웠고 무엇인가가 제게 말을 걸어왔지요. 이 세상엔 사멸한 것이 하나도 없는 듯했고, 공허감도 전혀 없었습니다. 이러한 감정이 완전히 사라진 건 아니지만, 그렇게 강하고 확고하게 다시 찾아오지도 않았습니다. 그런 상태를 다시 한번 체험하고 제 것으로 만들어 꽉 붙잡아두는 일이 이제는 행복에 대한 제 정의입니다.

좀 더 들어주시겠습니까? 그 시절부터 오늘에 이르기까지 저는 사실상 언제나 사랑에 빠져 있습니다. 그러나 제가 알게 된 모든 것들 중에서, 여인에 대한 사랑처럼 그렇게 고귀하고 정열적이며 매혹적인 것은 없는 것 같습니다. 항상 여인들을 만나온 것도 아니고, 의식적으로 어느 한 여인을 계속 사랑한 것도 아니지만, 제 생각은 언제나 어떻게든 사랑에 몰두해 있었습니다. 아름다움에 대한 숭배는 사실 누군가에 대한 끝없는 애모였습니다.

당신에게 사랑의 역사를 이야기하고 싶지는 않습니다. 몇 달 동안이긴 했지만, 옛날에 애인이 한 사람 있었지요. 때때로 키스를 하고 눈길을 받고, 또 지나는 결에 자의 반 타의 반으로 사랑의 밤을 보내기도 했습니다. 그러나 정말로 사랑할 때엔 언제나 불행했습니다. 곰곰이 생각해보면 희망 없는 사랑의 괴로움, 두려움과 절망감과 잠 못 이루던 밤들이 조그마한 행운과 성공 모두보다도 사실 훨씬 더 아름다웠습니다.

존경하는 부인, 제가 당신을 향한 사랑에 빠져 있다는 것을 아십니까? 당신의 집을 찾아간 것은 네 번에 불과하지만, 당신을 알게 된 것은 곧 일 년이 되어 갑니다. 처음 만났을 때, 당신은 밝은 회색 블라우스에 플로렌스 백합 모양의 브로치를 달고 있었습니다. 한번은 정거장에서 파리행 급행열차를 타시는 것을 보았지요. 당신은 슈트라스부르크행 차표를 가지고 있었습니다. 그때 당신은 저를 아직 몰랐었습니다.

그다음에 친구와 함께 당신 집엘 갔었지요. 그때 이미 당신에게 반해 있었습니다. 세 번째 방문했을 때, 슈베르트 음악을 듣던 날 밤에야 비로소 당신은 그걸 알아차렸습니다. 최소한 저는 그렇게 생각했습니다. 처음엔 저의 진지한 성품을, 다음에는 시적 표현을 놀려댔으며, 떠나올 때엔 어머니처럼 인자하기도 했습니다. 그리고 지난번에는 여름 휴양지 주소를 가르쳐주면서 편지를 써도 좋다고 허락해주셨습니다. 그래서 오랫동안 생각한 끝에 오늘 이 편지를 쓰는 것입니다.

이제 어떻게 끝을 맺어야할까요? 앞에서 이 첫 번째 편지가 마지막 편지가 되리란 것을 말씀드렸습니다. 우스꽝스런 점이 깃들어 있을지도 모르는 저의 이 고백을, 제가 당신에게 드릴 수 있고 또 당신을 존경하며 사랑한다는 점을 보여주는 유일한 증명으로 받아주십시오. 당신을 생각하면서, 그리고 당신에게 반한 애인 역할을 제대로 해내지 못했다는 점을 고백하면서, 저는 앞서 언급한 대로 경이로운 감정을 느끼고 있습니다. 벌써 밤이 되었군요. 귀뚜라미들은 여전히 창문 앞 습한 잔디 정원에서 울고 있고 모든 것이 다시 동화 속의 여름 같습니다. 이 편지를 쓴 감정에 충실하다면, 언젠가 이 모든 것을 다시 갖게 되고 다시 체험하게 될지도 모른다는 생각이 드는군요. 그러나 저는 대개의 젊은이들이 사랑에 빠졌을 때 따라하는 짓을, 저 자신도 너무나 잘 알고 있는 짓을 포기하고 싶습니다—반쯤은 진심이고 반쯤은 인위적인 눈짓과 몸짓, 분위기와 기회를 좀스럽게 이용하는 일, 책상 밑에서 발을 건드리는 짓, 과도하게 손에 키스하는 짓 등을 말입니다.

제가 생각하는 바를 올바로 표현하는 데 성공하지 못하겠지요. 그럼에도 불구하고 당신은 틀림없이 제 뜻을 이해할 것입니다. 당신이 제가 상상하는 그대로라면, 뒤죽박죽이 된 이 글을 보고 분명 웃음을 터뜨릴 테지만, 그렇다고 저를 과소평가하지는 않을 것입니다. 언젠가는 저 자신도 웃음을 터뜨릴지 모릅니다. 그러나 오늘은 웃을 수도 없고 웃고 싶지도 않습니다.

당신을 충실히 존경하며 연모하는

B로부터

—1906

Zinnienstrauß.
백일초 꽃다발.
1925년 7월.

어느 소나타

Eine Sonate

헤드비히 딜레니우스 부인은 부엌에서 나와 앞치마를 벗었다. 손을 닦고 머리를 빗은 다음에 남편을 기다리기 위해 응접실로 갔다.

그녀는 서너 장의 뒤러* 그림을 감상하고, 잠시 코펜하겐 도자기를 가지고 놀다가 정오에 가까운 종탑에서 종치는 소리를 듣고는 마지막으로 그랜드 피아노를 열었다. 반쯤 잊힌 멜로디

* 뒤러(1471~1528). 독일의 화가이자 판화가. 르네상스 회화의 완성자로 불린다. 주요 작품으로 <아담과 이브>, <장미관의 성모>, <젊은 베네치아의 여인> 등이 있다.

를 찾으면서 몇 개의 건반을 두드리고는, 잠시 동안 현이 조화롭게 울리며 사라져가는 소리에 귀를 기울였다. 가냘프게 발산하는 진동은 점점 약해지고 결국은 들리지도 않게 되었다. 그다음에는 몇 개의 음조가 아직도 울리고 있는지, 아니면 귓가에 울리는 가냘픈 매혹의 음조가 그저 회상일 따름인지 알 수 없는 순간이 찾아왔다.

그녀는 연주를 멈추고 손을 무릎에 내려놓은 채 생각에 잠겼다. 그러나 옛날처럼, 시골 고향에 살던 어린 시절처럼 생각하지는 않았다. 기묘하고 감동적이었던 작은 일들을 생각하지도 않았다. 오래전부터 그녀는 다른 일들을 생각했다. 현실 자체가 흔들리고 의심스러워졌던 것이다. 어린 시절에는 불분명하고 몽상적인 소원과 흥분 속에서, 언젠가 결혼하여 남편과 독자적 생활과 가정을 갖게 되리란 생각을 했었다. 그리고 이런 변화가 오기를 몹시 기대했었다. 깊은 애정과 따스함과 새로운 사랑의 감정뿐만 아니라 무엇보다도 안정과 명료한 생활, 유혹과 회의와 불가능한 소망으로부터의 쾌적한 보호를 기대했었다. 환상 속에서 꿈꾸는 것을 너무나도 좋아했지만, 그녀의 동경은 언제나 현실을, 즉 믿음직한 길 위에서 방황하지 않는 발걸음을 지향하고 있었다.

다시금 그에 관한 생각을 했다. 현실은 그녀가 상상했던 것과는 달랐다. 남편 딜레니우스는 더 이상 약혼시절 같지 않았다. 그 당시에는 광명 속에서 그를 바라보았지만, 지금은 그 불이 꺼져버린 것이다. 비슷한 가문 출신이지만 더욱 훌륭한 면이 있어 때로는 친구로 때로는 지도자로 인생길을 함께 걸을 수 있으리라 생각했다. 그러나 지금에 와서는 그를 과대평가했다는 생각이 들려고 했다. 남편은 착하고 점잖고 다정했다. 그녀는 어느 정도 자유로웠고 남편은 자질구레한 가사일 걱정을 덜어주기도 했다. 그는 그녀와 그의 인생, 일과 식사와 약간의 즐거움으로 만족했다. 그러나 그녀는 이런 생활만으로 만족하지 못했다. 그녀는 내면에 놀려대고 춤추려는 도깨비를 지녔고, 동화를 지으려는 몽상가 정신을 가지고 있었다. 그리고 사소한 일상을 노래와 그림, 아름다운 책들과 숲과 바다의 폭풍우 속에서 울려오는 거대하고 화려한 생활과 결부시키려는 끊임없는 동경을 품고 있었다. 하나의 꽃은 그저 꽃일 따름이며, 한 번의 산책은 그저 산책일 따름이라는 것으로 만족하지 못했다. 하나의 꽃은 요정이요, 아름답게 변신하는 아름다운 정령이어야 했다. 그리고 한 번의 산책은 소박하고 당연한 운동이나 휴식이 아니라, 예감으로 가득 찬 미지로의 여행이요, 바람과 시냇물을 찾아가는 방문이며 말 없는 사물들과의 대화여야만 했다. 훌륭한 협주곡이라도 들으면 그녀는 오랫동안 낯선 정령들의 세계에 머물러 있었다. 반면에 헤드비히의 남편은 오래전부터 슬리퍼를 신고 왔다갔다 하며 담배를 피웠고, 음악에 대한 이야기를 약간 하고는 얼른 자기를 원했다.

얼마 전부터 그녀는 그를 놀라운 듯 쳐다보며 이상하게 여기게 됐다. 그가 상상의 날개도 가지지 않았음을, 그녀가 내면생활에 대해 진지하게 이야기하려 하면 관대한 듯이 미소만 짓는 것을 놀라워했다.

그녀는 화를 내지 말자, 인내심을 가지고 착하게 굴자, 그를 자기 식대로 편하게 해주자 하고 거듭해 결심했다. 몹시 피로할지도 모르고, 그녀에게 알려주고 싶지 않은 직장에서의 일들이 그를 괴롭힐지도 모르니까. 때때로 그는 감사해야 할 정도로 관대하고 친절했다. 그러나 남편은 그녀의 왕자도 아니고 친구도 아니며, 그녀의 주인도 오빠도 아니었다. 그녀는 회상과 환상 속의 모든 사랑스런 길들을 그이가 없이 다시금 홀로 걸어갔다. 그 끝에 비밀로 가득 찬 미래가 없을 것이기 때문에 그 길들은 더욱 어두워 보였다.

초인종이 울리고 복도에 그의 발소리가 울렸다. 문이 열리고 그가 들어왔다. 그녀는 곁으로 걸어가 그의 키스에 답례했다.

"별일 없소, 여보?"

"네, 별일 없어요. 당신은요?"

그다음에 그들은 식탁으로 갔다.

"여보." 그녀가 정답게 말했다. "오늘 저녁에 루드비히가 와도 괜찮겠어요?"

"당신이 괜찮다면, 물론이지."

"이따가 전화할게요. 그런데 전 더 기다릴 수가 없어요."

"뭘 말이요?"

"새 음악 말이에요. 루드비히가 최근에 소나타 신곡을 배워서 이젠 연주할 수 있다고 했어요. 정말로 어렵다는군요."

"아 그래, 신인 작곡가의 곡 말이군, 그렇지?"

"네, 이름이 레거*래요. 아주 관심이 가요. 몹시 긴장돼요."

"그래, 들어보면 알겠지. 신인 모차르트는 되지 못할 거요."

"그럼 오늘 저녁에 식사를 같이 하자고 할까요?"

"좋을 대로 해요, 여보."

"당신도 레거에 대해 호기심이 생기지요? 루드비히는 그에 대해 아주 열광하며 말했어요."

"그래, 누구나 늘 좀 새로운 걸 듣기를 원하지. 루드비히는 약간 지나치게 열광적일지도 몰라, 그렇지 않소? 그러나 결과적으론 그가 나보다 음악에 대해 훨씬 많이 알고 있거든. 반나절씩 피아노를 친다면야 당연하지!"

블랙커피를 마실 때 헤드비히는 오늘 공원에서 본 두 마리의 되

* 레거(1873~1916). 독일의 작곡가. 전통적인 작곡기술로 변주곡 또는 푸가 형식을 사용하여 피아노곡, 실내악곡, 오르간곡을 작곡했다. 주요 작품으로 <바흐에 의한 환상곡과 푸가>, <모차르트 변주곡> 등이 있다.

Hesses Zimmer in Minusio.
미누시오에 있는 헤세의 방.
1917년경.

새에 대한 이야기를 했다. 남편은 호의적으로 귀를 기울여 듣고 웃었다.

"당신 착상은 참 굉장하군! 작가가 될 수 있을 정도야!"

그다음에 그는 직장으로 갔다. 그가 좋아하기 때문에, 그녀는 창문을 통해 그의 뒷모습을 바라보았다. 그러고 나서 그녀도 일을 시작했다. 지난 한 주일분 가계부를 적고, 남편의 방을 치우고, 관엽식물을 물로 씻어주고, 마지막에는 다시 부엌일을 할 시간이 될 때까지 뜨개질 감을 앞에 놓고 있었다.

여덟 시경에 남편이 돌아왔고 곧 이어서 루드비히가 왔다. 그는 누나인 헤드비히와 악수를 하고 매형에게 인사를 했다. 그리고 다시 헤드비히의 손을 잡았다.

저녁 식사를 하면서 남매는 활발하고도 만족스런 대화를 나누었다. 남편은 이따금씩 한마디를 던졌으며, 장난으로 질투심이 나는 척했다. 루드비히는 그것을 알아챘지만 아무런 말도 하지 않았으며, 오히려 깊은 생각에 잠기곤 했다. 그녀는 그들 세 사람 중에서 자기 남편이 이방인이라고 느꼈다. 루드비히가 그녀에게 훨씬 가까웠다. 그는 그녀와 같은 기질과 같은 정신과 같은 추억을 지니고 있었다. 똑같은 말투로 이야기하고 조그마한 장난질도 모두 이해하고 응답했다. 그가 여기 있을 땐 고향의 공기가 그녀를 에워쌌다. 그러면 모든 것이 옛날과 같았고, 그녀가 친정집에서 지니고 온 것이 모두 다시 진실해지고 생생해졌다. 남편은 이 모든 것을 친절하게 참아주기는 하지만 응수하지는 못했으며, 근본적으로는 이해하지도 못했을 것이다.

그들은 계속 붉은 포도주를 마시며 앉아 있었다. 헤드비히가 그만 마시라고 주의를 주어 그들은 응접실로 갔다. 그녀는 피아노를 열고 촛불을 켜놓았다. 루드비히는 담배를 치우고 악보를 펼쳤다. 딜레니우스는 팔걸이 달린 나지막한 의자에 몸을 펴고 기대었으며, 흡연 탁자를 옆에 갖다 놓았다. 헤드비히는 좀 떨어져서 창문가에 자리를 잡았다.

루드비히는 신인 음악가와 그의 소나타에 대해 몇 마디 이야기를 했다. 그다음에는 잠시 동안 아주 조용했다. 그러고 나서 그는 연주하기 시작했다.

헤드비히는 처음 몇 박자를 아주 주의 깊게 경청했다. 음악은 그녀를 낯설고도 이상스럽게 감동시켰다. 그녀의 눈은 루드비히에게 매달려 있었다. 그의 검은 머리털이 촛불 빛을 받아 때때로 반짝였다. 이 범상치 않은 음악에서 그녀는 곧 강하고도 섬세한 정신을 느꼈으며, 이는 그녀의 혼을 빼앗고 환상의 날개를 달아주었다. 그녀는 벼랑들과 알 수 없는 산골짜기를 넘어서 그 작품을 이해하고 체험할 수 있었다.

루드비히는 연주를 계속했고, 그녀는 넓고도 검은 수면이 커다란 박자로 물결치는 것을 보았다. 거대하고 강력한 새 떼가 태고시대처럼 침울하게 쏴쏴 날갯소리를 내며 날아왔다. 폭풍이

둔탁하게 울리고, 때로는 거품이 이는 물보라를 공중으로 뿜어 올렸다. 물보라는 수많은 작은 진주가 되어 흐트러졌다. 파도와 바람과 거대한 새 날개의 쏴쏴 하는 소리 속에 무엇인가 비밀스런 소리가 함께 울렸다. 때로는 커다란 격정으로, 때로는 가냘픈 어린아이 목소리로 하나의 노래가, 은밀하고 사랑스러운 멜로디가 울려나왔다.

구름은 검게 찢겨져 가닥가닥 펄럭거렸고, 그 사이로 경이로운 금빛 섬광이 하늘 위로 솟구쳤다. 드높은 파도 위에서 무시무시한 형상을 한 바다 괴물이 질주했다. 그런가 하면 작은 물결 위에서는 우스꽝스럽게 뚱뚱하며 어린아이 같은 눈길을 한 소년 천사들의 달콤하고 감동적인 윤무가 벌어지고 있었다. 무시무시한 것들은 점점 세져가는 마력을 지닌 사랑스러운 것들에 의해 힘을 잃었다. 그 광경은 가볍고도 투명하며 압력을 받지 않는 중간 영역으로 변했다. 이곳의 독특한 달빛과도 흡사한 광명 속에서는 아주 사랑스럽게 움직이는 요정 여럿이 공중에서 함께 춤을 추었고, 거기에 맞춰 순수하고도 수정 같은 목소리로 황홀하고 신비스러운 음조의 노래를 불렀다.

그러나 이제 하얀 광명 속에서 노래하고 움직이며 춤추는 것이 천사 같은 빛의 요정들이 아니라, 그들에 대해 이야기하고 꿈꾸는 인간인 것처럼 보였다. 무거운 물방울 같은 그리움과 누를 수 없는 인간의 고통은 소망을 버린 아름다움의 변용된 세계로 흘러들었다. 천국 대신에 천국에 대한 인간의 꿈이 생성되었다. 그 꿈은 무척 반짝이고 아름답지만, 억누를 수 없는 향수의 심오한 소리를 동반하고 있었다. 이렇게 인간의 환희는 어린아이와 같은 즐거움에서 탄생되고, 구김살 없는 웃음은 사라졌지만 공기는 보다 은밀하고 마음이 아플 정도로 달콤해졌다.

사랑스러운 요정들의 노랫소리는 천천히 다시금 힘차게 부풀어오르는 바다가 포효하는 소리로 흘러갔다. 전쟁의 아우성과 정열과 생명의 충동이 울려퍼졌다. 마지막의 드높은 파도가 멀리 사라지면서 노래도 끝났다. 피아노에서는 물결 소리가 서서히 사라지면서 반향을 울리고, 그 음향도 완전히 끝났다. 그러고 나서 깊은 고요가 깃들었다. 루드비히는 몸을 구부린 채 귀를 기울이며 앉아 있었고, 헤드비히는 눈을 감고 잠자는 듯 의자에 기대어 있었다.

드디어 딜레니우스가 일어났다. 식당으로 되돌아갔다가 처남에게 포도주 한 잔을 가져다주었다.

루드비히가 일어섰다. 감사의 말을 하고는 한 모금 마셨다.

"그런데 매형, 어떻게 생각하세요?" 하고 그가 말했다.

"음악에 대해서? 그래, 재미있었어. 아주 멋지게 연주했어. 굉장히 연습을 많이 한 모양이야."

"소나타는요?"

"응, 그건 취미 문제야. 새로운 곡이라면 모두 싫어하는 건 아니지만, 이 곡은 너무 '독창적'이야. 난 바그너*가 더 마음에 드는 걸……"

루드비히가 대꾸하려 했다. 그때 누나가 다가와서 그의 어깨 위에 손을 올렸다.

"그만둬, 알겠니? 그건 정말 취미 문제야."

"그렇지?" 남편이 기뻐서 외쳤다. "무엇 때문에 논쟁을 하겠나? 처남, 담배 피우겠어?"

루드비히는 약간 어리둥절해하며 누나의 얼굴을 쳐다보았다. 그때 그는 누나가 음악에 감동을 받았으며, 거기에 대해 계속 이야기하면 괴로워하리란 것을 알았다. 동시에 누나에게는 필연적이며 타고난 감성이 매형에게는 결여되었기 때문에, 그녀가 남편을 보호해야만 한다고 생각하는 것을 처음으로 느꼈다. 그리고 누나가 슬퍼 보였기 때문에 떠나기 전에 슬그머니 물어보았다.

"누나, 뭔가 좀 아쉬운 게 있지?"

그녀는 머리를 가로저었다.

"그 곡을 다시 연주해줘야겠어. 나 혼자만을 위해서 말이야. 그래주겠니?" 그러고 나서야 그녀는 만족한 것처럼 보였으

* 바그너(1813~1883). 독일의 가극 작곡가. <탄호이저>, <파르지팔>, <트리스탄과 이졸데> 등 독일낭만파를 대표하는 작품을 남겼다.

며, 잠시 후에 루드비히는 안심하고 집으로 돌아갔다.

그러나 그녀는 그날 잠을 이룰 수가 없었다. 남편이 자기를 이해할 수 없으리란 점을 알고 있었고 그것을 견뎌낼 수 있기를 희망했다. 그러나 자꾸만 루드비히의 물음이 들리는 것 같았다. "누나, 뭔가 좀 아쉬운 게 있지?" 그리고 그녀는 거짓으로, 생전 처음 거짓으로 대답해야만 했다는 생각을 했다.

그리고 이제 그녀는 고향과 화려했던 청춘 시절의 자유, 그리고 고통 없이 밝은 천국의 모든 즐거움을 완전히 잃어버렸다는 생각이 들었다. —1906

처형

Die Hinrichtung

스승은 몇 명의 제자들과 함께 방랑을 하던 중 산에서부터 평지로 내려왔다. 어느 대도시의 성벽을 향해 걷는데 성문 앞에 수많은 군중이 운집해 있는 게 보였다. 가까이 가보니 단두대가 설치되어 있었다. 형리는 감옥 생활과 고문으로 인해 쇠진해 보이는 한 사람을 박피공 수레에서 끌어내 단두대로 질질 끌어가고 있었다. 수많은 시민들이 이 광경을 구경하러 몰려 있었다. 사형 선고를 받은 자에게 야유를 보내고 침을 뱉었으며, 소란한 환희와 열망 속에 그의 참수를 기다리고 있었다. “저 사람은 누구지?” 제자들은 서로서로 물어보았다. “군중이 그의 죽음을 저렇게나 열망하다니, 대체 무슨 일을 저질렀을까? 동정하거나 우는 사람은 하나도 보이지가 않으니 말이야."

"내 생각엔, 이교도 같구나." 스승은 슬픈 어조로 말했다. 그들은 계속해서 걸어갔다. 군중과 마주쳤을 때, 제자들은 지대한 관심으로 방금 단두대에 꿇어앉은 죄인의 이름과 그의 죄가 무엇인지를 사람들에게 물어보았다.

"이단자요." 사람들은 분노하여 외쳤다. "보시오, 저기 저 놈이 저주받은 고개를 떨어뜨렸소! 그놈을 죽여라! 정말, 저 개 놈은 천국에 출입문이 두 개밖에 없다고 가르치려 했소. 우린 열두 개의 문이 있다고 믿고 있는데 말이요!"

제자들은 놀라서 스승에게로 돌아서서 물었다. "어떻게 아실 수가 있었습니까, 스승님?"

그는 미소를 짓고 계속 걸어갔다.

"그건 어렵지 않느니라." 그는 나지막하게 말했다. "그가 살인자나 도둑, 혹은 다른 어떤 종류의 범죄자였다면 우린 시민들이 동정하고 관심을 표하는 것을 보았으리라. 어떤 이는 울었을 것이고, 어떤 이는 그가 결백하다고 맹세했을 것이다. 그러나 독자적인 믿음을 가진 자, 시민들은 그런 자가 처형되는 것을 아무런 동정도 하지 않고 구경하느니라. 그리고 그의 시체는 개들 앞에 던져지느니라." —1908

Häuser in Montagnola.
몬타뇰라의 집들.
구아슈 채료彩料 수채화, 1920년경.

니코바르섬들

Die Nikobaren

여행 회상

여러 날 동안 우리는 육지라고는 전혀 보지 못했다. 사방에는 한없이 뻗친 인도양의 검푸른 물결뿐이었다. 뛰는 물고기 무리 뒤로 흩어지는 물결은 은빛과 붉은 빛으로 빛나고, 하늘에는 물기라곤 전혀 품지 않은 태양빛이 이글거리고, 밤에는 수없이 많은 별들이 검푸른 하늘에서 빛나고 있었다. 이렇게 시간이 흐르자 콜롬보*가 다가왔다. 하얀 파도가 소리를 높이며 부서지고 그 뒤

* 실론섬의 수도.

로 붉은 육지가 보였다. 회오리 먼지바람이 부는 붉은 거리들, 형형색색의 집들, 작열하는 뙤약볕 속 아른거리는 형체의 아름답고 진갈색으로 탄 신할라인들*, 이들은 애처롭게 보이는 귀티 나는 얼굴에 순종의 노루처럼 고결한 눈길을 하고 있다. 계속해서 바람에 흔들리는 야자수 숲에 색색가지의 새들과 나비들이 날아들고, 더 멀리에는 푸른 산이 동화에서나 나오는 것처럼 아름답게 우뚝 솟아 있다. 이렇게 다채로운 실론섬은 마치 아름답고 비현실적인 꿈처럼 가까이 다가왔다가 금방 사라지곤 했다. 마치 동화 속인 듯 비현실적으로 현란한 색채가 충만한 풍경이었다. 이렇게 강렬하고 극적인 인상은 갑작스레 가라앉아 사라져버리고, 우리는 다시 낮과 낮, 밤과 밤을 지나며 무한한 바다로 항해를 계속했다.

식탁에 앉아 식사를 하거나 함께 파티를 할 때가 아니면, 사람들의 얼굴은 우울하고 착 가라앉아 삭막해 보였다. 여행을 오래 하고 난 사람에게서 볼 수 있는 시들함과 피곤에 지친 무감각한 표정. 열대 지방에 온 백인들이 얻기 쉬운 신경질적 무기력과 결합되어 더욱 피곤해 보였다. 영국 사람들과 미국 사람들과 그 부인들, 독일 상인들과 지리학자들 그리고 마닐라에서 온 혼혈의 부인들이 흰 구두를 신은 발을 받침대에 올린 채 갑판 의자

* 지금의 스리랑카, 당시 실론섬의 다수 민족.

에 조용히 그리고 예의 바르게 누워 있었다. 모두가 얌전했고 아무도 불평하지 않았다. 그러나 얼굴에는 생기라곤 전혀 없었다. 포르투갈에서 온 몇몇 아이들만이 이리저리 활기차게 뛰어다닐 따름이었다. 몇 명의 독일 청년들이 오스트레일리아 출신 늙은 선장의 이야기를 들으며 반나절을 끽연실에서 보냈다. 우리가 페낭에 도착하기도 전에 배 안에는 독일 맥주가 하나도 남아 있지 않았는데, 그건 순전히 그들 탓이었다. 그들이 있는 대로 다 마셔버렸기 때문이다. 갑판 승강구를 통해서 한참이나 그들이 상아 주사위를 굴리는 소리가 알 수 없는 비밀거래라도 하는 것처럼 은밀하게 들려왔다.

건너편 이등칸에는 햇빛가리개도 제대로 갖추어지지 않은 비좁은 곳에 많은 사람들이 쭈그리고 앉아 있었는데, 모두가 온통 지치고 적의에 찬 표정을 하고는 삭막하고 무한한 바다를 공허하고 지루하게 응시하고 있었다. 다만 젊은 의사가 웃으면서 회진을 하거나, 활기찬 얼굴의 장교가 약간 빈정대는 듯한 시선으로 앉아 있는 사람들 사이로 지나갈 때에는 잠시나마 생기와 관심이 반짝 감돌기도 했다.

여기 있는 장교들이나 선원들은 열대 지방에 살고 있는 것이 아니다. 우리들처럼 이런저런 생각이나 근심을 하면서 한가로이 이런 삭막한 곳을 돌아다니며 아무런 일도 하지 않는 부류가 아니다. 그들에게는 이 배가 집이요, 고향이다. 바로 그래서 북부 독일*의 기풍과 청결함이 감돌기도 했다. 선원들에게는 멀리 보이는 어두컴컴한 해안이나 아시아의 원색적이고 자극적인 항구도 시들어버린 희망이나 불만 또는 위험을 의미하는 장소가 아니었다. 때가 낀 이국의 구석진 땅에 불과했다. 그들의 깨끗한 배가 이 더러운 곳에 닿는 것조차 싫어했다. 그래서 배가 다시 항구를 떠날 때면, 서둘러 물줄기를 뿜고 걸레질 하며 갑판에서 흔적을 말끔히 닦아냈다. 그러나 우리 다른 사람들은 그저 여행객에 불과했고 우리에게 배는 고향도 아니요, 일자리도 아니었다. 어두운 해안, 불빛이 반짝이는 도시들, 그리고 열기로 인해 뿌옇게 된 섬들의 삼림은 우리를 유혹하기도 하고 위협하기도 했다.

어느 날 오전 나는 배의 난간에 기대서서 우울한 기분으로 텅 빈 수평선이 빚어내는 아득함을 느끼며 슬픔에 젖어 있었다. 소름끼칠 정도로 무한히 뻗친 검푸르고 둥근 바다, 그 위에 적의를 품은 듯 홀로 이글거리는 태양, 그리고 그 한가운데 방향을 잃은 듯 의미 없이 떠다니는 우리의 배 외엔 아무것도 없었다. 우리 시선이 미치지 않는 저 멀리에 인도나 중국, 혹은 미국이나 호놀룰루가 있겠지만 그런 것은 아무런 의미가 없었다. 우리의

* 헤세는 북부 독일의 로이드 선박회사 소속 '프린츠 아이텔 프리드리히'호로 인도 여행을 했다.

현실이란 마치 궤도를 벗어난 조그마한 유성처럼 완전한 황무지 가운데서 보잘것없이 홀로 떠다니는 것에 불과했다.

그때 누군가가 내 어깨에 손을 올려놓았다. 가늘지만 강인한 손가락에 두 개의 번쩍이는 금반지를 낀 그 손은 갈색으로 그을린 데다 털이 숭숭 나있었다. 내 친구 스티븐슨이 미소를 짓고 있었다. 그는 내가 알고 있는 세계 여행가 중에서 가장 불안정하면서도 가장 침착한 사람이었다. 그와 처음 만났던 때를 결코 잊을 수가 없다. 어느 날 구릿빛으로 그을린 남자가 색이 바래고 여기저기 꿰맨 열대 지방 옷을 입고서는, 조그마한 돛단배를 타고 우리 배를 향해 태워달라고 소리쳤다. 홍해에서였다. 그는 조그마한 짐을 든 짐꾼과 함께 매우 날쌘 동작으로 우리 배의 사다리를 기어올라왔다. 여기저기 찢겨지고 찌그러진 열대용 모자를 쓰고, 바싹 여위고 고생에 찌들어 온통 아프리카 냄새를 풍기면서, 그는 우아하게 하얀 옷을 빼입은 우리 한가로운 유람객들 사회에 끼어들었던 것이다. 그가 내 팔 밑으로 자기 팔을 넣어 나를 잡고는 뒤쪽 갑판으로 데리고 갔다. 거기에는 벌써 지루해 죽을 지경인 여행자들 열서너 명가량이 과장된 관심을 보이며 전망대 위에 서 있었다.

"보입니까?" 스티븐슨이 물으면서 저 먼 곳을 가리켰다. 한참 동안 그쪽을 바라보니 정말 무언가가 보였다. 형체가 불분명하며 본질도 없는 것 같은 그 무엇이. 의심할 여지없이 바다가 아닌 그 무엇이었다.

"육지인가요?" 내가 놀라서 물었다.

"니코바르섬들이요." 그가 고개를 끄덕였다.

니코바르섬들이라? 이 말을 듣자마자 나는 갑자기 조그마한 고향 도시에서 라틴어 학교를 다니던 시절에 겪은 일이 생각났다. 이십여 년 전 어린 학생이었을 때, '니코바르섬들'이란 말을 몰라서 선생님한테 꾸지람을 들은 적이 있었다. 수마트라 북쪽, 페구만 남쪽에 위치한, 지도상에는 일련의 조그마한 점들로 표시된 그 군도는 내게 있어 관심조차 없던 이름이었다.

그 후로 나는 한 번도 이 잃어버린 섬들에 대해 생각해본 일이 없었다. 그 이름을 들어보거나 말해본 적도 없었을 것이다. 이미 오래전에 세상을 떠난 그 선생님의 꾸지람만 아니었더라면, 오늘날까지 그 이름을 기억 못 했을지도 모른다. 그러나 이제 나는 갑자기 잘 알려지지도 않은 멀고 낯선 지구의 땅 한구석을 바라보고 있다. 우리 교실 벽에 걸린 지도에서도 희미해진 이 한 조각의 땅을 이제 여기에서 상상해볼 수 있다. 의심할 여지없이 실제로 내 앞에 놓여 있는 이 땅은 아직 아득하지만, 점차 윤곽이 뚜렷해지는 섬과 섬들로 이루어져 있다. 아래쪽으로 섬들은 서로 연결되어 있고, 위쪽에는 산 모양을 이룬 부드럽고 가파른 산봉우리들이 서로 갈라져 있다. 그리고 거기에 사람들이 살고 있는데, 추측건대 말레이인과 약간의 영국인들일 것이다. 우리는 몇 시간 동안 이 섬들을 시야에 간직하게 될 것이다. 바로 니코바르섬들이다!

"저 섬에 가본 일이 있나요?" 나는 친구에게 물어보았다.

"아니요. 지금까지 그곳에서 할 일이 없었어요."

"그렇겠지요." 나는 말을 덧붙였다. "그런데 그렇게 여행을 많이 다니는 건 정말 좀 어리석고 슬픈 일이 아닌가요? 당신은 어디나 다 가봤겠지요. 내게 텍사스와 보르네오에 대한 얘기도 했고, 마드라스*와 사할린에 관해서도 얘기해주었지요. 하고 많은 날들을 배에 누워서 바다에 침이나 뱉는 일이 지겹지 않습니까? 권태에 젖어 축 늘어진 사람들과 함께 낯선 해안선 사이로 지구를 빙빙 도는 일 말입니다. 그 지구란 것도 결국은 보잘것없고, 아무런 가치도 없는 것이 되고 말 텐데요."

"그렇지요." 그가 미소를 띠며 말했다. "때로는 지루하지요. 그러나 해야 할 일이 있는 걸요. 난 지구상 모든 대륙에서 석유와 납과 주석 등을 발굴했지요. 그런 일 중간중간에 여행하는 날들이 껴있는데, 물론 언제나 똑같답니다. 그러나 보르네오에서 이삼십 명이나 되는 짐꾼을 데리고 탐험에 나선다거나, 남아프리카에서 이삼 주일 동안 계속 말을 달리다 보면 지루하다는 생각은 사라져버린답니다. 아마도 모든 사람들이 다 비슷하

* 인도의 동쪽 해안에 있는 항구도시.

겠지요. 예를 들어 당신은 작가니까 당신이 중요하다고 생각하는 것을 파고들겠지요. 그 일로 미치기도 하고, 때로는 지쳐버리기도 하겠고요. 일이 끝나면 피로해지고 공허해지기도 할 겁니다. 긴장과 관심은 사라지고 세상은 넓고 암울하게 보일 테니까요. 그러면 당신은 앉아 기다리며, '과연 이 모든 삶이 그만큼 고생할 만한 가치가 있는 걸까?' 하고 자문할 것입니다. 이 배에 탄 여행자들도 무료하게 떠돌아다니는 동안에는 그와 똑같을 겁니다. 그러나 페낭이나 싱가포르까지 가보십시오. 그럼 그 여행자들은 갑자기 긴장하며 꾸려놓은 짐 앞에 꼿꼿이 서서 짐꾼이나 보트를 소리쳐 부르지요. 전보를 받기도 하고 치기도 하며, 갑자기 놀랄 정도로 활기 있게 돌아다니는 걸 보게 될 겁니다."

"그럴지도 모르지요." 나는 그의 말에 동의했다. "그러나 그들은 고향을 잃은 사람들입니다. 부모나 배우자 혹은 친구들은 런던이나 암스테르담에 있을 것이고, 싱가포르에는 자본만을 투자했을 것입니다. 그것이 그들을 묶어두고 있는데, 바로 수익을 올려야 하기 때문이지요."

스티븐슨은 미소를 띠었다. "당신은 아직 초보자군요. 열대 지방 항해에서 오는 피로를 일종의 특별한 병처럼 여기고 있어요. 하지만 그렇지 않습니다. 그건 한가로운 여유일 뿐이지요. 어떤 건강한 사람이라도 항해의 피로에 익숙해질 수는 없답니다. 그걸 진지하게 받아들일 필요가 없어요."

"그래도 그건 고향을 잃은 게 아닌가요?" 내가 말했다.

그는 갈색 이마에 모자를 깊숙이 눌러 쓰면서 말했다. "당신은 착각하고 있군요. 고향이란 실제로 존재하지 않는 어떤 것이지요. 집에 돌아간다 해도, 가족들 가운데 있다 해도 당신은 지금의 체험으로 알게 된 뿌리 뽑힌 듯한 감정을 종종 느끼게 될 것입니다. 한 사람에게 고향이란 그가 활동하고, 또 값진 일을 수행하는 바로 그곳입니다. 그런 것 없이는 어느 곳에서도 행복함을 느낄 수가 없지요. 그리고 그가 어떤 값진 일을 한다면, 그건 그 일 자체 때문에 행하는 것입니다. 자기 가족을 위해서나 또는 국가를 위해서 행하는 거라고 생각한다면 그건 헛된 망상에 지나지 않습니다. 우리는 인간을 위해서 일합니다. 그리고 그 대가는 일을 행한다는 것 자체가 우리에게 안겨주는 많은 보람들입니다. 우리, 이런 일을 하는 온 지구상의 인간들이란 모두가 동지요 형제입니다. 당신이 훌륭한 작가라면 언제 어디서든 당신과 똑같은 일을 해온 사람들, 이를테면 인간을 정신적으로 고양시키거나 혹은 당신이 이름 붙이고 싶은 대로의 일을 해온 사람들 모두가 당신의 형제이기를 바랍니다. 이러한 공동체에 속하는 한 당신은 고향을 갖게 되는 것입니다. 그러나 공동체를 떠나버린다면, 당신 나라의 국회를 주재한다 할지라도 당신은 고향이 없는 것입니다. 어떻게 생각할지 모르겠지만, 나도 당신의 동료라 생각하고 싶습니다. 당신이 하나의 사상을 성숙시키고 그것을 글로 바꾼다면 나는 물질을 움직이고 그 활동 분야를 만들어냅니다. 당신의 일이란 감정을 가다듬고 고귀하게 만드는 일일 겁니다. 그 점에 대해 당신은 나보다 훨씬 더 많이 이해하겠지요. 그러니 보십시오, 지금 이 배에서 느끼는 향수란 말로 할 감정이 아닙니다. 그건 감정이 아니지요. 그저 감상에 불과하다고 생각합니다."

뭔가 새로운 것을 이야기해준 것은 아니지만, 그의 말은 내게 아주 시의적절한 것이었다.

스티븐슨은 페낭에서 우리와 헤어졌다. 난 아직도 그가 보인다. 배에서 육지를 향해 영어로 또 말레이어로 명령하듯 소리를 지르고, 검은 새매처럼 생긴 머리에 찌그러진 열대 모자를 눌러쓰고는 인력거를 타고 북적대는 중국인들 구역 어디론가 사라져가는 모습이 눈에 선하다. —1913

Maskenball.
가면무도회.
1926년.

Wintermorgen.
겨울 아침.
  수채화, 1933년.

화가

Der Maler

알베르트라는 화가는 젊은 시절에 그린 그림으로 그가 열망했던 성공을 거두지 못했다. 그는 점점 움츠러들었으며, 스스로에게 이만 만족하기로 결심했다. 여러 해 동안 그렇게 하려고 애썼다. 그러나 자신에게 만족할 수 없다는 것만이 더욱 더 명백해졌다. 그는 앉아서 영웅들의 그림을 그렸는데, 그리는 동안에 이따금씩 이런 생각이 들었다. '내가 하는 일이 필요나 한 것인가? 대체 이런 그림을 꼭 그려야만 하는 걸까? 그저 산책을 가거나 술을 마시는 편이 나 자신이나 다른 사람들에게 두루 좋은 일이 아니겠는가? 그림을 그림으로써 자신을 약간 마비시키고, 잊어버리고, 시간을 보내는 것 외에 대체 스스로를 위해 달리 하는 일이 있단 말인가?'

이러한 생각들은 작업을 진척시키는 데 도움이 되지 못했다. 시간이 흐르며 알베르트는 그림 그리기를 거의 중단했다. 그는 산책을 하고, 술을 마시고, 책을 읽고, 여행을 했다. 그러나 이러한 일에서도 역시 만족하지는 못했다.

가끔 그는 일찍이 어떤 소망과 희망을 품고 그림 그리기를 시작했는지 곰곰이 생각하지 않을 수 없었다. 그러고는 자신과 세계 사이에 아름답고 강력한 관계와 교류가 이루어지리라, 무엇인가 은밀한 것이 끊임없이 흔들거리며 나지막하게 연주되리라는 것이 그의 느낌이며 소망이었음을 기억해냈다. 영웅들이나 영웅적 풍경으로 자신의 내면을 표현하고 만족시키려 했던 것이다. 그리고 관람자들이 그림을 높이 평가하면 그 내면이 다시 생생하게 살아나 그들에게 감사하는 마음을 드러냄으로써 스스로가 더욱 찬란하게 빛나도록 만들기 위해서였다.

그래, 그러니까 그는 이러한 뜻을 이루지 못한 것이다. 그건 꿈이었을 따름이며, 그 꿈조차도 점차 희미해지고 사라져갔다. 그런데 이제 알베르트가 세상을 떠돌아다니거나, 멀리 떨어진 외딴곳에서 외롭게 살아가거나, 배를 타고 다니거나, 두메산골을 방랑해 다니는 지금 그 꿈은 점점 더 빈번하게 나타났다. 옛날과 다르기는 하지만, 꼭 같이 아름답고 꼭 같이 힘차게 유혹하면서, 꼭 같이 열망하고 광채를 발하면서 젊은 날의 소망으로 되살아났다.

아, 그는 얼마나 자주 그리워했던가! 자신과 세계의 모든 사물 사이에 교감의 진동을 느껴볼 수 있기를! 자신의 호흡과 바람과 바다의 호흡이 하나가 되고, 그와 만물 사이가 형제지간이요 혈연관계로, 사랑과 친밀로, 화음과 조화로 맺어지는 것을 느껴볼 수 있기를 얼마나 동경했던가!

이제 그는 자기 자신이나 자신의 동경이 서술된 그림을, 그에게 이해와 사랑을 가져다주고 그를 해명해주고 정당화시켜주며 칭송받게 하는 그림을 더 이상 그리고 싶지가 않았다. 초상肖像이나 향연香煙의 모습으로 자신의 본질을 직접적으로 또 우회적으로 표현하는 영웅들의 모습을 더 이상 생각하지 않았다. 그가 열망하는 것은 오로지 저 교감의 진동을 느껴보는 것이었다. 저 힘의 흐름을, 그 자신이 무無가 되어 몰락하고 죽었다가 다시 태어나게 될 저 비밀스럽고 깊은 내면의 교감을 느껴보는 것이었다. 이에 대한 새로운 꿈, 더 강렬해진 새로운 동경은 그것이 있다는 것만으로도 이미 인생을 견딜 만한 것으로 만들어주었다. 의미를 부여해주고, 영광을 베풀어주고, 구원을 가져다주었다.

아직 친구로 남아 있는 몇몇 사람들은 알베르트의 이러한 환상을 제대로 이해하지 못했다. 그들이 아는 것은 고작해야 이

인간이 점점 더 자기 자신 속으로 침잠해 간다는 것, 그가 더욱더 조용하고 묘하게 이야기하고 미소 짓는다는 것, 그가 그다지도 많은 여행을 다닌다는 것, 그리고 다른 사람들이 좋아하고 중요하게 여기는 일들에 아무런 관심을 보이지 않는다는 것뿐이었다. 그는 정치나 상거래, 사격 대회나 무도회에도 무관심했다. 예술에 관한 총명한 대화나 남들이 기쁨을 느끼는 어떠한 일에도 전혀 관심이 없었다. 그는 별난 인간이었으며, 절반쯤 바보가 되어 있었다. 그는 쌀쌀한 회색빛 겨울을 뚫고 달리면서, 정신없이 그 대기의 색채와 냄새를 들이마셨다. 혼자서 랄랄라 노래 부르는 어린아이의 뒤를 따라가기도 하고, 몇 시간씩 초록색 물속이나 화단을 응시하기도 하고, 책 읽는 사람이 책에 몰두하듯이 절단된 나무토막이나 뿌리나 홍당무에서 찾아낸 곡선에 완전히 빠져들기도 했다.

이제 그를 걱정하는 사람은 아무도 없었다. 당시에 그는 외국의 어느 조그만 도시에 살고 있었다. 어느 날 아침 가로수길을 걸어가다가 나무줄기 사이로 천천히 흐르는 작은 강물과 가파른 점토질의 황색 강변을 보았다. 강변에는 흙이 무너져 내리고 광물성 토질이 드러난 위로 덤불과 가시 돋친 잡초가 먼지에 뒤덮인 채 가지를 뻗고 있었다. 그때 무엇인가가 그의 마음속에 울려왔다. 그는 멈추어 섰다. 영혼 속에 전설적인 시대의 옛 노래 한 구절이 울려오는 것을 느꼈다.

황색 점토와 먼지에 뒤덮인 초록색 잎사귀, 천천히 흐르는 강물과 가파른 강변, 그 색채와 선들의 어떤 관계, 어떤 음향, 이 우연한 광경 속에 깃든 특이함은 믿을 수 없을 정도로 아름다웠다. 마음을 뒤흔들어 놓을 정도로 감동적이었으며, 또 그와 동질인 것 같았다. 그래서 그는 숲과 강물, 강물과 자기 자신, 하늘과 대지와 덤불 사이를 잇는 교감의 진동을 느끼며 서로가 긴밀하게 이어져 있다고 생각했다. 이 모든 것은 오로지 이 시간에 이렇게 그와 하나가 되어 눈과 마음속에 비추이며 서로 만나 인사하기 위해서만 존재하는 것 같았다. 그의 마음은 강물과 잡초와 나무와 공기가 다가오고 서로 하나가 되어 상승하고 사랑의 축제를 벌일 수 있는 장소가 되었다.

이 장엄한 체험이 몇 번 되풀이되었을 때, 찬란한 행복감이 석양의 황금빛이나 정원의 향기처럼 짙고도 가득히 알베르트를 에워쌌다. 그는 그 감정을 음미했다. 그것은 달콤하고 진했지만 오래 지속될 수는 없었다. 그 감정은 너무나 풍요로웠다. 내면에서는 충만함과 긴장과 흥분으로, 그리고 거의 불안과 분노에 가까운 정도로까지 변했다. 그것은 그 자신보다도 강했고, 마음을 사로잡아 정신을 잃게 했다. 그는 그 속에 침몰해버리지나 않을까 두려웠다. 그러고 싶지는 않았다. 그는 살고 싶었다. 영원토록 살고 싶었다! 결코, 결코 지금처럼 진정으로 살고자 원했던 때는 없었다!

도취에서 깨어나기라도 한 듯, 어느 날 그는 조용히 방안에 홀로 앉아 있는 자신을 발견했다. 물감 상자를 앞에 놓고 초벌 그림을 한 장 펼쳐놓고 있었다—몇 년이 지난 지금도 그는 다시 자리에 앉아 그림을 그리고 있다.

그리고 계속해서 그림을 그렸다. '무엇 때문에 내가 이런 짓을 하는 걸까?' 하는 생각은 다시 떠오르지 않았다. 그는 그림을 그렸다. 보고 그리는 일 이외에는 아무것도 하지 않았다. 밖에 나가 세계의 형상들에 정신없이 몰두하거나, 방 안에 앉아 충만한 영상들을 다시 쏟아놓았다. 조그마한 초벌 그림에다가 그는 형상에 형상을, 즉 버드나무가 있는 비 내리는 하늘, 정원의 담장, 숲속의 벤치, 시골길, 사람들과 동물들, 그리고 그가 한 번도 본 일이 없는 사물들, 담장이나 숲처럼 존재하고 살았던 영웅들이나 천사들까지 응축시켜 그려 넣었다.

다시 사람들에게로 돌아왔을 때, 그가 다시 그림을 그린다는 사실이 알려졌다. 사람들은 그가 약간 돌아버렸다고 생각했지만 동시에 그의 그림을 몹시 보고 싶어 했다. 그는 아무에게도 그림을 보여주려 하지 않았다. 그러나 사람들은 그를 조용히 내버려두지 않았고, 그림을 보여줄 것을 강요했다. 그러자 그는 어느 친지에게 자기 방 열쇠를 넘겨주고 여행을 떠나버렸다. 다른 사람들이 자기 그림을 구경할 때 옆에 있고 싶지가 않았던 것이다.

사람들은 그의 그림을 보러 왔고, 찬탄했다. 마치 전문가들과 연사들이 떠들어대듯, 괴상한 인간이긴 하지만 신의 은총을 받은 화가의 굉장한 천재성을 발견했다는 것이다.

그러는 동안에 알베르트는 어느 마을에 다다라 농가에 방 하나를 빌리고 물감과 붓을 풀어놓았다. 그는 행복에 젖어 계곡과 산들을 쏘다녔다. 그가 체험하고 느꼈던 것은 나중에 그의 그림들 속에 그대로 담겼다.

그는 그곳에서 신문을 통해 온 세상 사람들이 자기 그림을 보았다는 사실을 알았다. 주점에서 포도주를 한 잔 마시면서 중앙지에 실린 훌륭한 장문의 기사를 읽었다. 그의 이름이 대문짝만하게 찍혀 있었고 문단 어디에나 풍요로운 찬사가 써 있었다. 그러나 읽을수록 이상한 기분이 들었다.

"파란 여인이 있는 그림에 배경을 이루고 있는 황색이 화려하게 빛나고 있다!—유례없이 대담하고 매혹적인 새로운 조화가 아닌가!"

"장미 정물화에 나타난 표현의 조형성 역시 경이롭다—뿐만 아니라 많은 자화상들까지도 그러하다! 이것들을 심리학적 초상화 예술의 최고 걸작들에 견주어도 좋으리라."

이상한 일인데, 이상한 일이야! 그는 이전에 장미 정물화도 파란 여인도 그린 기억이 없고, 기억하는 한 자화상을 그린 적도 없었다. 이에 반해 점토질 강변이나 천사들, 비 내리는 하늘이나 그가 몹시 좋아하는 다른 그림들에 대해서는 전혀 언급이 없다는 것도 깨달았다.

알베르트는 도시로 돌아왔다. 여행복 차림으로 집에 갔더니, 거기에는 많은 사람들이 드나들고 있었다. 대문 아래서 어떤 남자가 문을 지키고 있었으며, 알베르트는 입장하기 위해 표를 한 장 사야만 했다.

거기에는 잘 알고 있는 그의 그림들이 걸려 있었다. 누군가가 그림마다 쪽지를 한 장씩 붙여놓았는데, 거기에는 알베르트가 전혀 알지 못하는 여러 가지가 써 있었다. 많은 그림 앞에 <자화상>이란 제목이 붙어 있었고, 다른 제목들도 있었다. 그는 그림들과 거기에 붙여진 알 수 없는 제목들 앞에서 한동안 생각에 잠겨 서 있었다. 이 그림들이 그가 불렀던 것과는 완전히 다른 이름으로 불릴 수도 있다는 것을 깨달았다. 정원 담장에서 그가 들려준 이야기가 다른 사람들에게는 구름으로 보일 수 있고, 돌 많은 협곡의 경치가 다른 사람들에게는 사람 얼굴을 의미할 수도 있다는 것을 알았다.

결국 그런 것은 별로 중요하지 않았다. 그러나 알베르트는 조용히 다시 떠나서, 이 도시에는 돌아오지 않는 편을 택했다. 그는 또 많은 그림을 그렸고, 거기에 많은 이름을 붙여주었다. 그러면서 행복했다. 그러나 아무에게도 보여주지는 않았다.

—1918

잃어버린 주머니칼

Das verlorene Taschenmesser

어제 나는 주머니칼을 잃어버렸다. 그러면서 나의 철학과 운명에 대한 준비가 허술한 기초를 바탕으로 하고 있음을 경험했다. 왜냐하면 사소한 물건을 잃어버렸다는 것이 나를 엄청난 슬픔에 빠지게 했고, 그러한 감상에 사로잡힌 나 자신을 비웃으면서도 오늘도 생각은 줄곧 그 잃어버린 칼에 가 있으니 말이다.

칼을 잃어버렸다는 사실이 내 마음을 그토록 슬프게 한다는 것은 좋지 않은 징조다. 잠시 소유했던 물건들에 대하여 유별난 애착을 가지고 집착하는 것은, 내가 익히 비판해왔고 극복하려고 노력했으나 아직도 완전히 버리지는 못한, 나의 고루한 악습의 하나다. 보다 더 모진 작별은 고사하고라도 오래 입던 옷이나 모자나 지팡이 등과 헤어져야 할 때라든지 오래 살던 집을 떠날 때 그것은 나에게 번번이 불안감을 주었고, 심지어 때로는 가벼운 통증을 불러일으키기도 했다. 그런데 그 칼은 지금까지 내 인생의 여러 가지 변화를 겪으면서도 끝까지 곁에 남아 있었으며, 수십 년 동안 나와 온갖 변천의 길을 함께 걸어온 몇 안 되는 물건 중 하나였다.

나는 몇몇 신성시되는 아득한 지난날의 잡동사니들, 예를 들면 어머니의 반지와 아버지의 시계, 그리고 아주 어린 시절의 사진 몇 장과 기념품들을 가지고 있다. 그러나 이런 물건들 모두는 실은 죽은 것이나 다름없다. 그것은 일종의 박물관 전시품처럼 상자 속에 들어 있으며, 여러 해가 지나는 동안 거의 들여다본 적이 없는 것들이다. 그렇지만 그 칼은 거의 날마다 쓰이는 물건이어서 수천 번이나 주머니에 넣고 꺼내면서 사용하였으며, 숫돌에 갈기도 하고, 가끔은 잃어버렸다가 다시 찾기도 했던 것이다. 나는 그 칼을 몹시 좋아했다. 그러니 조가弔歌라도 하나 불러줄 만한 가치가 있다.

그것은 결코 평범한 주머니칼이 아니었다. 살아가는 동안 여러 개 가졌다가 쓰고 버리는 종류의 칼이 아니었다. 탄탄하고 반들반들한 나무 손잡이에 아주 강한 반달형의 칼날이 하나 박혀 있는 칼로, 사치나 유희를 위한 물건이 아니라 어엿하고 견고한 무기요, 태고로부터 지켜온 모양의 실팍한 연장이었다. 이러한 모양은 이미 수백 수천 년 전, 선조들로부터 생겨나 이어오는 형태다. 그것들은 예부터 때때로 일어난 공업의 습격에도 굴하지 않고 저항해왔다. 이렇게 지켜온 모양에, 어설프고 무의미하고 유희적인 새 모양을 대치시키려는 야심을 가진 것이 공업이다. 왜냐하면 공업이란 현대의 인간들이 일하고 놀 때 사용하는 물건들에 애정을 갖지 않고, 그것들을 손쉽게 그리고 자주 바꿔버린다는 사실에 바탕을 둔 것이기 때문이다. 옛날처럼 사람들이 저마다 일생에 단 한 번 튼튼하고 위풍 있는 훌륭한 칼을 사서 죽을 때까지 조심스럽게 지켜간다면 칼 공장은 뭐가 되겠는가. 요즘 세상에서는 사람들이 칼이나 포크, 커프스단추나 모자, 산책용 지팡이나 우산 따위를 시시각각 바꾸고 있으니 공업은 이 모든 물건들을 유행의 노예로 만들어놓는 데 성공한 것이다. 그러니 한철 반짝하기 위해 계산된 유행에다 대고 태고로부터 유래하는 진정한 형태를 지녀야 한다고 요구할 수는 없으리라.

낫 모양의 멋진 가지치기용 칼을 갖게 된 날을 나는 아직도 기억한다. 그 당시 나는 모든 면에서 한창때였고 스스로도 자부심을 느끼고 있던 터였다. 그때 나는 갓 결혼했었고 밥벌이를 위한 직업의 속박에서 벗어나 도시를 빠져나왔다. 아무 것에도 얽매이지 않고, 내 스스로만 책임지며 보덴 호반의 아름다운 마을에 눌러앉아 있었다. 또 만족할 만한 작품들로 성공을 거두던 때였다. 호수 위에는 보트를 띄웠고, 아내는 첫 아이를 기다리고 있었다. 그때 막 거창한 계획을 벌이고 있어, 머릿속은 온통 그 생각으로 가득 차 있었다. 그것은 스스로 집을 짓고 정원을 꾸며 보겠다는 계획이었다. 땅은 벌써 사두었고 측량 말뚝도 박아놓았다. 그 부지 위를 거닐 때면 집을 짓는다는 행위의 아름다움과 품위를 엄숙하게 느끼곤 했다. 거기다 온 세월을 위한 초석을 놓고, 나와 내 아내와 아이들을 위해 안식처인 고향의 터전을 닦고 있는 것만 같았다. 집의 설계는 완성되었다. 정원도 머릿속에서 점차 그 형태를 갖춰가고 있었다. 넓고 긴 중앙로가 있고, 우물이 있고, 밤나무가 우거진 초원이 있는 집이었다.

그 당시 나는 서른 살쯤 되었으리라. 어느 날 증기선 편으로 육중한 화물이 도착했다. 나는 선착장에서 그것을 끌어올리는 걸 도와주었다. 원예회사에서 부쳐온 것으로, 그 안에는 원예용 연장들이 들어 있었다. 삽과 쟁기와 곡괭이, 쇠스랑이며 가래들(그 가운데서 특히 꺾어지는 부분이 백조의 목처럼 둥그렇게 휜 가래는 마음에 꼭 들었다), 그리고 그밖에 여러 가지 그런 종류의 물건들이었다. 그 사이에 몇 가지 자그마하고 섬세한 물건들이 조심스레 헝겊에 싸인 채 놓여 있었다. 즐거운 마음으로 풀어 살펴보았다. 그중에 바로 그 구부러진 칼도 들어 있었다. 나는 얼른 접힌 칼을 펼쳐 살펴보았다. 갓 단련한 쇠라서 눈부시게 번

득였고, 깃털처럼 흰 칼등은 딱딱하고 팽팽했으며, 니켈을 입힌 손잡이 테두리가 반짝거렸다. 당시에 그것은 집기들에 딸린 하찮은 부속물에 불과했다. 그 작은 칼이 집과 정원, 가족과 고향 등 내 아름다운 젊은 날의 모든 소유물 중에서 가장 오랫동안 내 곁에 남아 있을 단 하나의 물건이 되리라고는 생각하지 못했다.

오래지 않아 나는 그 새 칼로 손가락 하나를 거의 자를 뻔했다. 그때의 흉터가 아직도 남아 있다. 그러는 사이에 정원을 꾸며 나무를 심고 집도 지었다. 여러 해 동안 정원에 갈 때마다 그 칼은 나의 동반자가 되었다. 그 칼로 과수나무 가지를 치고, 해바라기와 달리아를 잘라서 꽃다발을 만들고, 어린아이들에게 줄 채찍 손잡이와 활을 만들었다. 나는 잠깐씩 여행한 시기를 제외하고는 매일 몇 시간씩 정원에서 시간을 보냈다. 수년 동안 땅을 파는 일이며 나무를 심는 일, 씨뿌리기와 물 주기, 그리고 거두어들이기까지 직접 정원을 보살폈다. 쌀쌀한 계절이 되면 언제나 정원 한 귀퉁이에 불을 질러놓고 잡초와 시든 뿌리, 쓰레기 따위를 태워 재를 만들었다. 그럴 때 내 아이들도 함께 있기를 좋아했다. 자기들이 가져온 보릿대나 갈대를 불속에 집어던지며 그 속에 감자나 밤을 구웠다. 그런 날들 중 언젠가 가지고 있던 칼이 불 속으로 떨어져 손잡이에 조그맣게 불탄 자국이 생겼다. 그 자국 또한 그대로 남아 있으며, 세상의 칼들을 모두 모아놓는다 해도 그 흔적으로 내 칼을 찾아낼 수 있으리라.

그 후 내가 여행을 많이 다니는 시기가 왔다. 보덴 호반의 예쁜 집이 편치 않게 되어버린 것이다. 나는 자주 정원을 버려둔 채, 마치 어딘가에 아주 중요한 물건을 두고 오기나 한 것처럼 세상을 돌아다녔다. 수마트라의 가장 깊숙한 동남쪽까지 들어갔다. 정글 속에서 커다란 녹색나비가 광채를 내뿜고 있는 것을 구경하기도 했다. 다시 돌아왔을 때, 아내는 우리 집과 마을을 떠나자고 하는 데 동의했다. 커가는 아이들에게 학교와 그밖에 여러 가지가 필요하다는 것이 분명해졌으며, 그 점에 대해 많은 이야기를 나누었다. 그렇지만 나는 이곳에 머물러 산다는 것이 무의미해졌다는 사실, 그리고 이 집에서의 행복과 안락에 대한 내 꿈이 잘못된 것이었고, 그 꿈을 묻어버리지 않으면 안 된다는 이야기는 아무에게도 하지 않았다.

아름다운 스위스의 도시 근교에, 장엄한 설산이 보이고 우람한 고목들이 우거진 찬란한 태고의 정원에서 나는 다시 습관적으로 모닥불을 피웠다. 사는 게 괴로울 때나, 이 새로운 고장에서 만사가 어렵고 가락이 빗나가기만 할 때면, 때로는 여기서 때로는 저기서, 또 자주는 스스로의 마음속에서 나는 그 잘못을 찾았다. 그리고 튼튼한 전지용 칼을 바라보았다. 그러면서 감상적인 자살자를 위해 괴테가 내린 탁월한 지시의 말을 생각했다. 죽음을 너무 쉽게 만들지 말고, 영웅적인 행동으로 얻도록 해라. 그리고 최소한 자신의 손으로 가슴에 칼을 찌르도록 해라. 그러나 나는 괴테와 마찬가지로 그렇게 할 수가 없었다.

오래지 않아서 전쟁이 일어났다. 나는 나의 불만과 우수의 원인을 먼 데서 찾을 필요가 없어져버렸다. 그 원인들을 분명하게 알아차렸고, 또 이제 아무것도 치유될 수 없지만, 그럼에도 불구하고 이 지옥 같은 시대를 살아나가는 것이 이기적인 우울이나 환멸에 대한 훌륭한 치료라는 것을 알게 되었다. 내가 칼을 별로 필요로 하지 않는 시기가 온 것이다. 다른 할 일이 너무 많았기 때문이다. 그리고 서서히 모든 것이 무너져갔다. 제일 먼저 독일 제국이 몰락했다. 남의 나라에서 그것을 바라본다는 것이 그때는 비할 바 없이 사무치는 아픔이었다. 그리고 전쟁이 끝났을 때는, 나의 인생에도 갖가지 전환이 있었고 모든 것이 변했다. 내겐 정원도 집도 없었으며, 가족과도 떨어져 살아야만 했다. 몇 해 동안 짙은 고독과 자의식을 느껴야만 했다. 망명의 기나긴 겨울에 나는 자주 추운 방 안에 있는 작은 벽난로 앞에 앉아 편지와 신문들을 불태웠다. 장작을 불 속에 밀어 넣기 전에 정든 칼로 작게 조각내기도 했다. 그리고 그 불꽃을 바라보았다. 나의 생애와 나의 야망, 나의 지식과 자아가 송두리째 서서히 타들어가 깨끗한 재로 변해버리는 것을 보았다. 그리하여 훗날 그 자아나 야망, 그 허영과 인생의 온갖 우울한 마력이 또다시 나를 얽어맨다 하더라도, 나는 하나의 은신처를 찾은 셈이고 하나의 진리를 깨달은 것이다. 터를 닦고 소유하는 일이란 평생 이루어지지 않을 것 같던 그 고향이, 바로 내 가슴속에서 자라나기 시작했다.

이렇게 긴 행로를 나와 함께한 전지용 칼에 이토록 연연해하는 것은 영웅적인 일도 현명한 일도 못된다. 그렇지만 지금 나는 영웅이 되고 싶지도 않고, 현자가 되고 싶지도 않다. 그런 걸 위해서라면 내일 또다시 시간이 있을 테니까. —1924

Stuhl mit Büchern.
책들이 놓인 의자.
1921년 4월.

어느 주정뱅이의 하루

Rembold oder der Tag eines Säufers

인생의 마지막을 살아갈 때의 렘볼트는 아주 늙은 사람처럼 보였다. 그러나 사실 그는 겉으로 보이는 것보다 이십 년쯤 젊었다.

렘볼트는 부유한 가정 출신이었다. 중고등학생 시절에는 피아노 연주자이자 시인으로, 대학 시절에는 철면피 싸움꾼과 거친 술고래로 유명했다. 비록 변덕스런 인간으로 느껴지긴 했지만 한때는 고향에서 존경을 받고 주위에 많은 사람이 모여드는 사나이였다. 보다 번뜩이고 보다 불안정한 그 도시의 젊은 천재들이 그를 섬기고 찬미하였으며, 어떤 이들은 남몰래 그를 연모했다. 탐나는 신랑감이었던 동안에는, 술을 퍼마시며 되는 대로 생활하는데도 불구하고 딸 가진 집안이라면 선망하는 마음으로 그에 대해 이야기했다. 그의 아내가 되어 거친 천재 렘볼트에게 사랑과 가정생활에 대한 행복을 알게 해주고, 길을 잃긴 했지만 천성적으로 고귀한 그의 영혼을 구원하겠다는 생각이, 여러 해 동안 스물다섯 살 처녀들의 꿈과 열망 속에 있었다.

그러나 이 모든 것은 지나갔다. 렘볼트는 더 이상 친구도 없었고, 몸을 떨며 그를 동경하는 이도 없었다. 더 이상은 천재로, 피아노 연주자로, 기마사騎馬士로, 일간지의 기지에 찬 동업자로, 그리고 훌륭한 손님 접대자로서 아무런 명성도 없었다. 그저 술을 마시며 타락한 자로, 좌절하고 멍청해진 늙은 주정뱅이로서의 평판이 있을 따름이었다. 시민들의 어떤 경멸도 동정심도 평가도 더 이상 진지하게 여기지 않았다.

대체 무엇이 나를 유혹하여 이 술 취한 가련한 녀석을 마음속에 품게 하고, 그를 내 글의 대상으로 삼게 했단 말인가? 어느 비평가가 내게 이런 질문을 한다면, 나는 직접적인 대답은 하지 않을 것이다. 렘볼트에 대한 내 관심이란 옛날 우리가 술 취했을 때면 자주 열광적으로

남은 돈은 모조리
렘볼트가 이미 술 마셔버렸네……

하고 노래를 불렀던 튀빙엔 시절의 여운이라고 말하며, 마음대로 추측하도록 내버려둘 것이다. 그렇지만 어떤 친구가 혹은 나의 애인이, 아니면 내 아들 중의 하나가 묻는다면 나는 이렇게 대답할 것이다. 시인이 어떠한 대상을 '선택하든' 그것은 마찬가지라고. 이 '선택한다는 것'은 오로지 문학사를 쓰는 상급학교 선생님들의 공상일 따름이기 때문에 마찬가지인 것이다. 그래, 심지어 불가능한 것까지 가능해지고 시인에게 임의의 소재 중에 '선택하는 것'이 허락된다 할지라도, 그가 줄리어스 시저나 렘볼트를 주인공으로 취하든 구세주나 유다를 주인공으로 삼든 그건 정말 상관없는 일이다. 화가가 십자가를 그리든, 과일 가득한 접시를 그리든, 이 두 가지로 동일한 것을 표현할 수 있다. 화가는 대천사 미카엘을 그릴 수 있고, 그 그림은 달콤한 온화함으로 가득할 수 있다. 또는 피어나는 장미꽃을 그릴 수도 있고, 그 그림은 냉혹함과 원한의 소리를 들려줄 수도 있다. 예술가가 아무리 노력한다 할지라도 그는 속이거나 자기가 갖지 않은 것을 줄 수 없다. 그리고 세상에 있는 어떤 대상을 너무 하찮게 여길 때나 어느 물건을 좋아하면서도 그것을 부끄럽게 여길 때, 그는 자기 예술의 정신에 죄를 범하는 것이다.

나는 떠나가지 않고서 인물들을 샅샅이 뒤져보았다. 그리고 열 명의 인물들 중에서 렘볼트란 인물을 '선택했다'. 아니, 오히려 이러했다. 렘볼트는 술집 '독수리' 앞에 있는 돌계단 위에 앉아 있었고 축 늘어진 입술에서는 침이 약간씩 흘러내렸다. 낡은 양복에는 오물이 묻어 있었다. 그가 또 술에 취했기 때문이다. 그런데 이 더럽고 술 취한 늙은이가 지나가던 시인을 사로잡았다. 그 모습이 시인의 마음에 내려앉은 것이다. 그리고 그는 사력을 다해 시를 쓰는 시간을 렘볼트에게 바치지 않고서는, 그에게서 헤어날 방법이 없었다. 이 종이 위에 이룩해놓은 것보다 그는 훨씬 더 강렬하고 훨씬 더 훌륭하고 보다 철저하게 써야만 했다. 독자는 관대히 용서해야만 할 것이다. 렘볼트를 용서하는 게 아니라, 이 종이에 기록된 대상과 내용을 용서하는 게 아니라, 렘볼트를 보다 상세하고 사랑스럽게, 그리고 보다 날카롭게 서술할 수 없었던 작가의 무능을 용서해야만 한다. 왜냐하면 돌계단 위에 쪼그리고 앉아 있는 렘볼트를 바라보고, 그의 다 떨어진 양복 위에 실 같은 침이 흘러내리는 것을 바라보던 저 순간에, 렘볼트는 렘볼트가 아니었기 때문이다. 렘볼트는 모든 것이었다. 그는 전 세계를 의미했다. 그는 갈라진 틈이었으며, 순간적으로 그 틈을 통해 빛은 사물의 암흑 속으로 흘러들었다.

사랑으로 관찰하는 사물은 모두가 아름답다. 생명체를 바라보면 모두가 아름답고, 또 소름이 끼친다. 영혼을 바라보면 모두가 아름답다. 그리고 또 소름이 끼친다.

가장 고통스러운 것은 언제나 아침이었다. 해가 거듭되면서 점점 더 나빠졌다. 예전에는 그저 불쾌감이고 좋지 못한 습관이며 하나의 방해물에 불과했던 것, 아침의 무거운 기분과 동시에 텅 빈 감정, 공복의 불쾌감, 충분히 자지 못해 풀리지 않는 독 기운, 피로와 싸우는 기관들. 이 모든 것이 아주 점차적으로 여러 해 동안 서서히 고조되어서 병으로, 무시무시한 고통으로, 그리고 결국에는 지옥이 되어버렸다. 아침이란 곧 지옥이었다. 잠을 깨게 된다. 한 번이나 두 번이 아니라, 스무 번씩이나 잠을 깨게 된다. 처음에는 눈 깜박할 동안이지만, 다음에는 2분 동안, 그 다음에는 몇 분 동안, 또 그 다음에는 15분 동안이다. 잠을 깨서는 핏속에 스며든 독과 싸움을 하고, 몸을 부르르 떨며 암흑 속으로, 잠 속으로 다시 빠져들어간다. 제대로 된 휴식도 아니고, 제대로 꿈도 꾸지 못하는, 저 얄팍하고 편안치 못하며 더 깨기 쉬운 아침 녘의 잠 속에 떨어진다. 여러 번이나 다시 잠을 깨고 또 잠 속으로 빠진다. 머리는 텅 비었고 가슴은 두근거린다. 배가 파손되는 듯한 감정을 지닌 채 낮과 밤 사이의 파도 위에서 흔들거린다.

그리고 다시 잠에서 깨어나 삶의 의식과 감정을 반쯤 다시 찾았다 해도, 그것이 곧 올바른 삶과 생각을 되찾았다는 뜻은 아니었다. 옛날 청춘 시절처럼 밝은 빛으로, 눈으로 비쳐드는 광명과 대낮의 간질이는 듯한 감정으로 시작되지가 않았다. 아니, 오히려 두 눈은 세 번째, 네 번째, 열 번째 잠을 깨고 난 후까지도 오랫동안 감겨져 있었다. 눈꺼풀 뒤에서는 다시 돌아온 빛을 느끼기는 하지만 고통스레 그에 저항하고 있었다. 그러나 아직도 한동안 두 눈은 감겨진 채, 달라붙어서 부어올라 있었다. 눈을 완전히 뜨기 전에 손가락으로 비벼서 성이 올라 불타는 듯한 눈꺼풀 가장자리를 서로 떼어놓아야만 했다.

그래, 렘볼트에게 하루의 시간은 옛날 젊은 시절에 그러했던 것처럼 두 눈에서 시작되지 않았다. 때로는 여기 때로는 저기에서 시작되고 가끔은 머리에서 가끔은 발가락에서 시작되었지만 대개는 손에서 시작되었다. 억지로, 그리고 고통을 느끼면서 그의 손은 깨어났다. 여기서 하나의 손가락이 저기서 하나의 손가락이 경련이 일듯 움직이며 너무나도 어렵게 깨어나려 했다. 관절염으로 부어올라 무거워지고, 관절이 마비되어서 짜증이 날 정도로 움직이기가 어려웠다. 투쟁하고 유희하면서 손가락은 하나하나 움직이고 저항했으며, 고통을 주고 다시 마비되었다. 그 다음 주먹 쥔 손을 천천히 펼치고, 손가락을 약간 뻗쳤다가 다시 약간 구부릴 수 있게 되고, 다시금 피가 서서히 돌기 시작했다. 잠에서 깨어나는 이 최초의 투쟁, 즉 손가락과 발가락의 투쟁은 대개 아직 눈이 감겨진 상태에서 진행되었다. 약간의 피와 힘이 손가락에 다시 돌게 된 다음에야 비로소 렘볼트는 두 손가락으로 꽉 달라붙은 눈꺼풀을 조심스레 떼면서 무거운 눈을 떴다. 그것은 몹시 아팠으며, 그가 눈뜰 결심을 할 때까지는 오랫동안 기다려야만 했다.

대개는 그러나 손가락의 투쟁 바로 다음에 오는 첫 번째 구역질, 즉 아침 최초의 고통은 두 눈이 아니라 오히려 입안과 목구멍이 통보를 해왔다. 타버린 입과 목의 갈망하듯 목말라하는 점막이 깨어나며 시작됐다. 그리고 손가락으로 달라붙은 눈꺼풀을 떼어놓기 전에 그는 눈을 감은 채로 더듬거리며 협탁 위에 있는 물그릇으로 손을 뻗었다. 물그릇은 가끔 비어 있었고, 실망한 손은 그것을 탁 놓아버렸다. 그러나 물이 있을 때면, 아침에 마시는 최초의 물 한 모금이 자선이 되고, 그 시간에 얻을 수 있는 유일한 향락이 되었다. 그러나 자선을 즐기자마자, 그 시원한 물 한 방울이 타는 듯이 말라버린 목구멍으로 넘어가자마자 향락은 이미 끝나버렸다. 왜냐하면 시원해지는 것을 갈망한 건 목구멍뿐이었지 위장은 아니었기 때문이다. 위장은 물에 대한 부담으로, 구역질 섞인 비참한 감정으로 응수했다. 손가락과 두 눈, 목덜미의 피부와 온 사지가 이 감정에 즉시 보조를 맞추었다. 매일 아침마다 계속되는 심한 구토의 감정, 잠에서 깨어나고 날이 새는 데 대한 반감, 다시 살아야 한다는 것에 대한 혐오감이 일어났다. 이 철두철미하게 육체적인(위장과 눈 가장자리와 손가락 관절에 압축되어 있는) 감정 뒤에서는 세월이 흐를수록 점점 쇠약해지는 영혼의 도덕적인 비참함과 구역질나는 심정이 함께 조용히 흔들거렸다. 그것은 삶에 대해서가 아니라, 무엇보다도 자기 자아에 대한 반감, 이 늙어버리고 반쯤은 마비되었으며 타락해버리고 이미 반쯤 죽어버린 인간 렘볼트에 대한 반감, 다른 사람들보다 더 잘생기고 더 영리했었지만 자기 인생에서 망나니짓과 오물과 쓰레기 이외에는 아무것도 이룰 수 없었던 불안정한 폐허에 대한 반감, 무가치하고 무의미하고 즐거움이 없고 비참한 인생에 대한 반감이었다. 몇 번인가 이런 도덕적 심판이 아주 약하게 일어났었다. 때로는 오히려 갑자기 반대의 감정으로, 즉 큰 소리로 킬킬거리며 남의 불행을 보고 기뻐하는 마음으로 변하기도 했다. 잘됐다. 너 참 잘됐다. 퉁퉁 부어오른 네 눈꺼풀을 누더기처럼 찢어버려라. 그리고 개새끼들 있는 데로 완전히 꺼져버려라, 이 늙은 걸레야! 하는 감정으로 급변했다. 그러나 때로는 이런 감정이 아직 젊고 순수하며 타락하지 않았던 시절인 것처럼, 뒤틀리지 않은 채 강렬하게 찾아오기도 했다. 그럴 때면 그것은 의미 깊은 목소리와도 같고, 육체적인 영락과 고통을 노래한 지옥 음악의 가사와도 같았다. 그러고는 마음을 짓누르는 깊은 수치감과 후회감이 찾아왔다. 탕아가 암퇘지들 사이에서 비참한 잠을 자고 깨어나서 고향 집을 생각했을 때 느꼈던, 잘 알려진 감정이 찾아왔다.

아침은 추악했다. 그리고 좀 달랐던 아침에 대한 추억, 그러니까 아침이 아름다울 수 있었고, 나뭇잎 그림자 속에서 햇빛이 뛰어놀고 어린 동물들의 놀이처럼 부드러웠던 지난 시절에 대한 추억이 떠오를 때면, 그 아침은 갑절로 추악했다.

완전히 잠에서 깨어난 다음에도 렘볼트는 몹시 구겨진 회색 아마포 이불 속에 오랫동안 누워 있었었다. 털 이불을 바짝 끌어다가 자꾸만 몸에 돌돌 말아 밀착시켰다. 그는 일어나기를 싫어하고 두려워했다. 죽을 것처럼 위장이 쓰리고, 머리가 텅 빈 듯하고, 몸을 일으켜 첫 발을 내딛을 때 언제나 현기증을 느껴서만은 아니었다. 그는 처참한 침실의 모습 때문에 일어나기를 두려워했다. 아침에 침실을 바라보면 언제나 환멸과 자기 비난의 감정이 몰아쳐왔다. 난잡하고 더러운 것을 다시 본다는 게 언제나 마음에 거슬리고 부끄러웠기 때문이다. 어제 벗어던진 불결한 장화, 방바닥에 떨어져 있는 와이셔츠 단추, 찢어진 신문지, 협탁 위에 축축하게 젖어 있는 검은 담배꽁초, 그리고 여기저기 마구 흩어져 있는 속옷과 양복과 낡은 펠트 신발. 그는 이 모든 물건들을 정돈하고 먼지를 털거나 아니면 완전히 치워버릴 생각을 되풀이했지만, 이들은 언제나 그대로 놓여 있었으며 완전히 영락해버린 모습을 보여주었다. 그는 옛날처럼 다시 하녀를 두어야 할 것이다. 하녀가 없는 몇 년 동안에 모든 것이 이다지도 처참해졌다. 그러나 이제는 하녀의 월급을 줄 수가 없었다. 또한 어떤 하녀도 오래 붙어 있질 않을 것이다. 자기 한 사람은 아직 살아갈 길이 있다는 게 다행이다. 연금은 누구도 훔쳐갈 수가 없다. 아무튼 렘볼트가 미친 듯이 몹시 날뛰던 시절에, 그의 조카가 재산을 관리하고 그를 어느 요양원에 감금시키려 했을 때 렘볼트는 현명하게 대처했다. 그런 계획을 당시에 저지시켰으며 남은 재산을 모두 평생 동안의 연금으로 지불받기로 한 것이다. 그에게서 상속받을 것이 아무것도 없게 되자 사람들은 그를 조용히 내버려두었다.

관절염으로 뻣뻣한 손가락을 이불 밑에서 살며시 움직거리며, 그는 그저 오랫동안 자리에 누워 있었다. 그러나 이 모든 것에도 불구하고 홱 걷어치우고 일어나야만 하는 피할 수 없는 순간이 왔다. 왜냐하면 위장 속에서 느껴지는 황량하고 텅 빈 감정이, 침대에 누워 있는 쾌적함보다 더 강해졌기 때문이다.

(한 장은 연필로 쓰여 있었다.)

밤에 술이 만취되어 집으로 돌아왔을 때, 침실은 더 이상 그의 마음에 거슬리지 않았다. 이제는 오물과 영락한 모습이 마음에 들었다. 소름 끼칠 정도로 격렬하게, 그는 이 더러운 쓰레기, 면도도 하지 않은 늙은 주정뱅이 얼굴, 그리고 모든 불결한 개망나니 짓을 즐거워했다.

(여기에서 원고는 중단되었다.)

—1925년경

Grotto im Kastanienwald.
밤나무 숲속의 포도주 저장소.
펜화에 수채화 채색, 1930년경.

Blick nach Porlezza.
포를레차를 향한 전망.
　1958년.

저녁 구름

Abendwolken

나의 거실 겸 서재의 동쪽 벽에는 발코니로 통하는 좁은 문이 있는데, 그 문은 5월부터 9월이 꽤 깊을 때까지 열려 있다. 그 앞에는 한걸음 넓이에 반걸음 깊이인 아주 자그마한 석재 발코니가 매달려 있다. 이 발코니는 내가 제일 좋아하는 소유물이다. 이 발코니 때문에 나는 몇 년 전 여기에 정착하기로 작정했고, 또 이 발코니 때문에 여행이 끝날 때마다 늘 감사하는 마음을 느끼며 테신의 집으로 돌아오곤 했다. 아름다운 곳에 사는 것, 창문 앞에 빼어나게 아름다운 멀리 트인 전망이 있다는 것은 나의 자랑이요 예술이었다. 이전에 즐겼던 그 어떤 전망도 이곳만큼 아름답지는 않았다. 그 대신 벽 군데군데에서는 횟가루가 떨어지고 걸려 있는 융단은 너덜너덜하며 여러 가지 안락한 시설이 없다고 할지라도 이 전망 때문에 나는 여기에 살고 있다. 발코니 앞에는 해묵은 남방의 수목원이 산기슭을 따라 가파르게 내리뻗어 있다. 우듬지가 두터운 부채 모양인 종려나무, 동백나무, 석감石柑, 미모사, 박태기나무가 서 있다. 그 사이사이에 완전히 등나무 넝쿨로 덮여버린 주목朱木들이 늘어서 있다. 덩굴장미가 올라간 좁다랗게 매달린 테라스들도 있다. 이 잠에 취한 듯한 해묵은 수목원은 나와 세상 사이에 걸려 있는 것이다. 또 밤나무 숲이 우거진 몇몇 작고 조용한 계곡도 있는데, 나는 거기 있는 밤나무 꼭대기를 내려다보고 있다. 밤나무 숲 우듬지에서는 밤낮으로 나무의 파도 소리가 들리고, 저녁이면 처량한 부엉이 울음소리가 들려온다. 이 숲은 세상으로부터, 집들과 사람들과 소음과 먼지로부터 나를 지켜준다. 이러하니 나는 세상을 아주 등진 것도 아니고 또 그러려고 하지도 않지만, 그런대로 보호를 받고 있는 셈이다. 여하튼 우리 마을로 올라오는 길이 하나 있는데 그 길 위를 매일 다니는 우편자동차가 없어도 좋을 편지나 안 와도 좋을 방문객들을 이곳으로 실어다준다. 그중에는 가끔 반가운 편지나 반가운 손님도 있다.

현관문을 잠가두는 시간에는 세상의 어떠한 부름도 나에게 와 닿지 못한다. 오후 몇 시간이 그러한데, 대개는 저녁 시간까지 계속된다. 그럴 때면 대문은 잠겨 있고 초인종도 울리지 않는다. 그러니 수목원 테라스를 발아래에 두고 난쟁이만 한 발코니에 앉아 있을 때면 어떤 사람도 나를 방해할 수 없다. 그럴 때 나는 수목원과 숲 계곡 저 너머로 구세주의 모습, 그리고 그 뒤에 서 있는 자비의 성모상을 바라본다. 폴레차호수의 길게 뻗친 반짝이는 지류와 코모호수 너머에 이른 봄 늦게까지 정수리에 눈이 덮여 있는 높은 산들을 바라본다.

가끔 저녁에 이렇게 앉아서, 저 건너 바로 내가 앉아 있는 만큼의 고지에 떠다니는 저녁 구름을 건너다보고 있노라면 얼마쯤 만족스러운 기분이 든다. 저 아래 놓인 세상을 바라보며 생각한다. 누구라도 내게서 세상을 훔쳐가도 좋다. 나는 이 세상에서 성공을 거두지도 못했고, 세상에 잘 어울리지도 못했다. 세상도 내가 세상에 지닌 혐오에 대해 충분히 응수하고 앙갚음을 했다. 그러나 나를 죽이지는 않았다. 내가 아직도 살아있으니 세상과 싸우면서 견뎌온 셈이다. 성공한 공장 주인이나 권투 선수나 영화배우는 못 되었지만, 열두 살 소년 무렵 머릿속에 새겨둔 시인이 되었다. 무엇보다도 나는 이 세상은 우리가 뭘 바라지 않고 그저 조용히 주의 깊게 두 눈으로 바라보기만 하면 우리에게 많은 것을 내준다는 사실을 배웠다. 그런데 성공을 거둔 사람들, 즉 세상의 총아들은 그것을 전혀 알지 못하고 있다. 관망할 수 있다는 것은 탁월한 기술이다. 세상을 살면서 얻어지는 것이고, 우리를 치유하며 가끔은 매우 만족스런 재주다.

나는 이런 재주를 저녁 구름에서 배웠다. 저녁의 자유로운 시간에 이렇게 작은 발코니에 앉아 있을 때면 나는 언제나 구름과 가까이하게 된다. 왜냐하면 높다랗게 올라앉은 새 둥지 같은 내 집은 구름 한가운데를 들여다보고 있기 때문이다. 비가 오는 날, 이 지방 특유의 거칠고 사나운 날씨에는 구름들이 방 안으로까지 밀려든다. 발코니 격자 난간에 걸린 낡은 백회색 외투에도 매달리며 신발 속까지 기어들어온다. 저 바깥에서는 구름들이 아래위로 몸부림친다. 번개가 칠 때마다 소스라쳐 환하게 밝아지며 흠뻑 젖은 푸른 산골짜기로 달려가고, 차갑고 검은 호수 속으로 내닫다가는 창백한 하늘 위로 빨려들 듯이 치솟곤 한다. 그러나 날씨가 좋아지고 호수가 파랗게 반짝이며 보랏빛 저녁 그림자를 드리울 때면, 그리고 멀리 떨어진 마을의 창문 유리들이 금빛으로 빛나고 산의 서쪽 모서리가 투명하게 반짝이는 장밋빛 보석이 된 것처럼 작열할 때면, 구름들도 아주 다양한 색채를 띤다. 오랫 동안 아무런 의도도 없어 보이고 그저 둥둥 떠다니며 어린아이들 놀듯 한다.

젊었을 때 나는 구름에 대해 어느 정도는 엄숙한 태도를 지녔었다. 그러나 늙어가고 있는 오늘날에는, 구름을 보다 덜 사랑하는 것은 아니지만, 예전처럼 그렇게 진지하게 생각하지는 않는다. 구름은 어린아이들 같다. 어린아이란 부모만이 진지하게 여길 따름이지, 다른 사람들은 누구도 그렇게 생각하지 않는다. 다시 어린아이가 되어가고 있는 노인들, 할머니 할아버지만 해도 어린아이들을 진지하게 여기지 않는다. 어린아이들이 스스로를 생각하는 만큼도 진지하게 여겨주지 않는다. 열정이란 멋진 것이다. 젊은 사람들에게는 기가 막히게 잘 어울린다. 그러나 나이 든 사람들에게 더 잘 어울리는 것은 유머요, 미소 짓는 일이다. 스스로가 덧없는 저녁 구름의 유희인 것처럼 범사를 진지하게 받아들이지 않는 일, 세상사를 비유로 변용시키는 일, 사물을 그저 가만히 바라보는 일이 제격인 것이다.

그렇지만 내 손에 펜을 잡게 한 주제는 잊어버리지 않도록 하자—장마가 지난 후 습기가 남아 있으면서도 맑고 화창했던 어제저녁에는 구름이 정말 바보 같았다. 방금까지도 긴 층을 이루어 하늘에 가로놓여 있던 구름이 덩어리가 되어 낮게 드리우는가 하면, 거센 바람에 날려 천천히 구르며 둘둘 꼬이더니, 점차로 모두가 소리 없이 저절로 작동하는 원통 롤러 형상이 되어갔다. 방금까지 그러다가도 또 금방 온 하늘이 맑은 밤의 알알하고 싸늘한 녹청색으로 덮이지 않는 곳에선 리본과 쿠션의 조직이었다가, 천천히 꿈틀거리며 서서히 몸체가 불어나는 거대한 뱀의 모습이 되었다—그러더니, 내가 채 1분도 한눈을 팔지 않았는데, 갑자기 하늘 높은 곳까지 전체가 섬광처럼 빛을 발하며 싸늘하게 맑아졌다. 그리고 구름은 모조리 조그맣고 보잘것없는 존재가 되어 기를 펴지 못하고, 지평선에 꾹 눌려 있었다. 위쪽은 흰빛과 황금빛이고 배 쪽은 새파랬다. 길게 늘어져 흡사 비행선 같기도 하고 고래 같기도 한 형상이 되어서 모두 입체적으로 딴딴하게 뭉친 형상이 되었다. 바로 이 순간 마지막으로 피어나는 장밋빛과 황금빛이 보석 같은 산봉우리를 떠나자, 대지는 모두 그 빛을 잃고 하늘에만 아직 대낮의 빛이 남아 무상하게 빛나고 있었다.

구름 배들은 거센 바람이 부는데도 겉으로 보기에 꼼짝하지 않는 듯 엉거주춤 산등성이 위에 머물러 있었다. 빨강과 구릿빛 갈색은 점차 바래지는 가운데 조금 남아있긴 했다. 시시각각으로 변하는 구름들을 그때그때 다시 알아보려면, 코에 맞바람을 받는다 할지라도 놓치지 말고 눈에 잘 간직해야만 했다. 왜냐하면 구름들은 경직되고 굼떠서 꼼짝도 않는 것처럼 보이는 동안에도, 실은 안에서 겉으로 혹은 속에서 이리저리 계속 흐르고 있기 때문이다. 구름은 보기에는 성스러운 것 같지만, 어쩌면 일과가 끝난 저녁에 장난질을 치는 것과도 같다. 마치 학교 담벼락에 붙어 있다가 모자를 벗고 선생님께 인사하는 소년들과도 같다. 그러나 선생님이 눈을 돌리기만 하면 그들은 달아나버리고, 담장 뒤에서는 깔깔거리는 소리가 어지럽게 들려오는 것이다.

그러는 사이에 긴 구름들 중 하나가 다른 구름들 위로 헤엄쳐 올라갔다. 녹색 하늘 속에서 저 혼자 장밋빛으로 떠돌다가

(이 구름도 꼼짝하지 않고 마치 주물을 부어놓은 것처럼 보였지만) 갑자기 송두리째 밝은 붉은색으로 활활 타오르면서, 동시에 황홀하게도 물고기 모양이 되어갔다. 빛을 발하는 한 마리 거대한 금붕어가 되어 푸르스름한 작은 지느러미로 미소를 짓고 더없이 즐거워하며 죽음을 향해 헤엄쳐갔다. 빛이 마지막으로 사라져가는 중이어서 나의 금붕어도 더는 살아 있을 시간이 없었다. 벌써 금붕어의 꼬리 쪽에서는 점점 갈색이 짙어져 무거워지고, 배 쪽은 더욱 파래졌으며, 밝은 빨간색과 황금빛은 등쪽 맨 위 가장자리에서만 불타고 있었다. 그때 금붕어는 번개같이 꼬리를 오므리고 머리를 부풀려 아주 둥그렇게 되었다. 그러더니 빛이 꺼지고 마지막 황금빛도 사라지자 금붕어는 돌돌 공처럼 뭉치더니 그 공에서—마치 영혼을 모두 쏟아내려는 것처럼—잿빛 구름 베일 두 가닥을 뿜어냈다. 뿜어내고 또 뿜어내다가 흩날리면서 점점 엷어져가는 베일 속에 풀려서 저 멀리 사라져버렸다.

나는 그토록 기지에 가득 찬 자살을 본 적이 없다. 그 금붕어 녀석은 덩어리로 뭉쳐지자 자신의 영혼을 뿜어냈다. 자신의 실체를 저 혼자 힘으로, 입으로, 아가미로, 숨구멍으로 뿜어냈고 저 자신도 비실체 속으로 뿜어내며 사라져버린 것이다. 일찍이 내가 저 아래 세상에 살면서 세상과 나 자신을 진지하게 생각하던 때 나는 많은 것들, 이해하기 어려운 것들과 견디기 어려운 것들—그중에는 세계대전 같은 것도 있었다—을 체험하고 봐왔다. 그러나 이토록 아연케 하는 그 무엇, 이토록 어린아이같이 유치하고 유희적인 행위를 나는 어느 사람에게서도, 어떤 민족이나 의회 같은 데서도 본 적이 없었다. 내가 세상을 진지하게 생각하던 시절, 일찍이 바깥세상에서 본 것들도 적지는 않았는데 말이다.

금붕어는 떠나갔다. 그리고 오늘의 내 기쁨도 사라졌다. 방 안에서는 아름다운 책이 나를 기다리고 있었지만, 나는 한 시간 정도 내 금붕어와 함께 헤엄치고 싶었다. —1926

수채화

Aquarell

정오가 되자 나는 벌써 오늘 저녁에는 그림을 그릴 수 있으리라는 것을 알았다. 며칠간 바람이 불어 저녁 하늘은 언제나 수정처럼 맑았고, 아침에는 구름이 끼였었다. 그런데 이제 부드럽고 약간 회색빛 나는 공기가 꿈결같이 포근한 자락을 펼치며 흘러오고 있다. 오, 나는 이런 공기를 정확히 알고 있다. 비스듬히 석양이 비치는 저녁이 오면 이루 말할 수 없이 아름다우리라. 이런 날 말고도 그림을 그릴 수 있는 날씨는 있다. 아니 날씨야 어떻든 언제나 그림을 그릴 수 있다. 어떤 날이든 아름다우니까. 비가 올 때도 그렇고, 푄* 바람이 부는 오전의 유리알 같이 투명한 날에도 그렇다. 그런 날엔 여기서 네 시간쯤 떨어진 마을에 있는 창문들을 헤아릴 수도 있을 것이다. 그러니 오늘 같은 날에는 뭔가 다르고 유별난 점이 있으니, 이런 날에는 그림을 '그릴 수 있는' 것이 아니라 '그려야만 한다'는 것이다. 초록색 초원에는 빨강 또는 황토색 반점들이 반짝이고, 그림자를 드리운 해묵은 포도나무 가지들은 하나같이 생각에 잠겨 내면으로 침잠해 있으며, 또 깊은 그늘 속에서도 빛깔 하나하나가 맑고도 강렬하게 빛나고 있다.

유년 시절의 방학 동안에 겪었던 그런 날들을 나는 환하게 알고 있다. 그때는 중요한 관심사가 그림이 아니라 낚시였다. 언제든 낚시를 할 수 있었다. 그렇지만 그때도 어떤 특정한 바람과 냄새와 습기, 그리고 어느 특정한 종류의 구름과 그림자가 따르는 날이 있었다. 그럴 때면 아침부터 정확히 알았다. 오늘 오후에는 아래쪽 다리쯤에 잉어가 모일 테고, 저녁에는 마전 공장 곁에서 농어가 입질하리라는 것을. 그 후 세상이 바뀌고 나의 인생 역시 변했다. 소년 시절에 그렇게 낚시를 즐기던 날의 기쁨이나 충만했던 행복감은 이제는 마치 전설처럼 남았다. 거의 믿을 수

* 산을 넘어서 불어 내리는 건조하고 따뜻한 열풍. 흔히 산맥을 경계로 기압 차가 있을 때 일어나는데, 알프스산맥에서 많이 볼 수 있다.

없는 일이 되어버렸다. 그러나 사람이란 그 자체는 그다지 변하지 않는 터라 어떠한 형태로든 기쁨이나 즐거움을 누리고 싶어한다. 그래서인지 요즘 나는 낚시 대신 수채화를 그린다. 날씨의 징후로 그림 그리기에 좋은 날을 예견하게 되면, 나는 노쇠한 가슴속에 저 소년 시절의 방학 때 느끼던 희열과 기대와 모험심의 아스라한 자취를 가볍게 느끼곤 한다. 어쨌든 그건 내가 여름마다 그런 날이 며칠쯤 있기를 기다리는 기분 좋은 날인 것이다.

그런 날이면 나는 오후 늦게 화구가 든 배낭을 메고 접는 의자를 손에 들고 일찍부터 생각해놓은 자리를 찾아간다. 그곳은 우리 마을 위에 있는 가파른 기슭으로, 전에는 밤나무 숲이 빽빽이 들어서 있었으나 지난겨울에 벌채된 곳이다. 아직도 약간 향기가 나는 나무 그루터기 사이에 있는 그곳에서 나는 일찍이 몇 번인가 그림을 그렸다. 여기서 보면 우리 마을 동쪽이 보인다. 나무로 만든 기와를 입힌 온통 어두운 빛깔의 낡은 지붕들과 밝은 빨간색의 새 지붕들이 몇 채 보이고, 단장을 하지 않아 헐벗은 담 모퉁이와 곳곳에 있는 나무들과 조그마한 정원이 보인다. 여기저기에는 희거나 색깔 있는 빨래 몇 개가 공중에 나부낀다. 저편으로는 장밋빛 봉우리에다 보랏빛 그림자를 늘어뜨린 커다랗고 파란 산들이 첩첩이 늘어서 있다. 저 아래 오른쪽으로는 한 조각의 호수가 있고 그 건너편에는 환하게 반짝거리는 작은 마을이 보였다.

내겐 두 시간 정도가 있었다. 그동안 태양은 서서히 기울어 지붕과 담장 위에 비치는 빛이 점차 따뜻해지고 깊어지며 보다 짙은 황금빛으로 변해갔다. 스케치를 시작하기 전에 나는 호수까지 뻗친 풍요로운 골짜기 전체를 한참 동안 내려다보았다. 파란 곁순이 벌써 일 미터는 자란 듯 담뿍 돋아났는데도 아직 빛깔이 연한 나무 그루터기가 있는 먼 마을들, 그리고 그 사이에 반짝거리는 암석이며 장마철에 생긴 깊게 파인 물길 자국이 드러난 건조한 붉은 들판을 바라보았다. 그다음 우리 마을도 바라보았다. 담벼락과 합각머리와 지붕으로 구성된 조그맣고 따뜻한 보금자리들의 선이며 평면 하나하나를 나는 오래전부터 잘 알고 있었고, 수십 번이나 눈으로 연구했으며 스케치했었다. 전에는 어두운 갈색이었던 큰 지붕에 벵갈라 칠을 하려고 새로 덮어놓은 것이 보였다. 그건 죠바니의 집이었다. 가을이면 누런 옥수수자루들이 내걸리곤 하는 지붕 밑에 확 트인 넓은 테라스가 있었다. 거기를 막고는 커다란 지붕 전체를 새로 덮어버렸구나! 몇 달 전에 이 마을에서 제일 연장자였던 그의 아버지가 돌아가셨다. 이제 그가 상속을 받아 부자가 되었으니, 온 힘을 기울여 고치고 칠을 하는 것이다. 그리고 그 훨씬 뒤쪽에 있는 키 작은 카바디니의 작은 집도 새로 페인트칠을 했다. 적어도 한쪽 면은 칠했다. 그 조그만 녀석이 장가를 가겠다는 것이다. 정원 쪽으로 출입문도 하나 뚫어놓았다.

그렇다. 틀림없이 집을 가진 사람, 집을 짓는 사람, 결혼하여 아이를 낳은 사람, 저녁이면 대문 앞에 나와 앉아 담배를 피우고 일요일이면 그로티 주점에 가서 보치아 게임을 하는 사람, 면 참사원 위원으로 선출되는 사람들이 있는 것이다. 크든 작든 이 집 모두가 그 누군가의 소유이고 그 누군가의 손으로 건축되었으며, 그 누군가가 안에서 살아가고 있다. 먹고 잠자고 자식들이 자라는 것을 보고 돈을 벌거나 빚을 지고 있을 것이다. 그리고 작은 뜰 하나하나와 나무 한 그루 한 그루, 목초지 하나하나와 포도원이며 월계수 숲 하나하나, 밤나무 숲 한 구획 한 구획이 그 누군가의 소유이며, 팔리고 상속되고, 기쁨을 주고 또 근심을 주기도 한다. 젊은이들은 큰 학교에 가서 꼭 필요한 것들을 배우고, 여름에는 석 달간 방학을 하고, 또 그다음에는 배고픈 사람처럼 삶을 향해 용감하게 달려간다. 그리고 집을 짓고, 결혼하고, 담장을 허물고, 나무를 심고, 빚을 지고, 새로 낳은 자식들을 학교에 보낼 것이다.

이런 사람들이 그들 집과 정원에서 보고 있는 것을 나는 전혀 혹은 거의 보지 못한다. 지하실에 물이 찬다. 창고에 쥐가 들끓는다. 굴뚝이 막혀 연기가 나가지 않는다. 뜰에 심은 완두콩에 그늘이 너무 많이 든다. 이런 것들 모두가 내게는 보이지 않으며, 나를 기쁘게도 근심스럽게도 하지 않는다. 그러나 내가 여기 우리 마을에서 보고 있는 것을 저 사람들은 보지 못한다. 저 뒤쪽

군데군데 부스러져 떨어지는 퇴색한 회벽이 하늘의 푸른 색조를 끌어당겨 땅 위로 물결치게 하는 모습을 아무도 보지 못한다. 저 박공집 벽의 분홍빛이, 나부끼는 미모사의 푸른 잎 사이에서 얼마나 부드럽고 따뜻한 웃음을 보내고 있는지, 아다미니네 집의 짙은 황토빛이 산의 무거운 푸른색을 배경으로 얼마나 도톰하고 다부지게 서 있는지, 그리고 신다코네 정원의 사이프러스들이 얼마나 재미나게 엇갈려 주름진 나뭇잎 옷깃을 만들고 있는지 아무도 보지 못한다. 바로 이 시각에 빛깔들은 가장 순수하고 가장 팽팽한 음조를 띤다. 다른 어느 때에도 지금 같지는 않다는 것을 아무도 알지 못한다. 조개 모양의 푸르스름한 골짜기에서 금빛 저녁 기운이 엷은 선을 그으며 건너편 산들을 더 깊숙이 허공 속으로 밀어 놓는 모습을 아무도 보지 못한다. 집을 짓고, 집을 허물고, 숲을 키우고, 숲을 벌목하고, 덧문에 페인트칠을 하고, 뜰에 씨앗을 뿌리는 사람들이 있게 마련이다. 그렇지만 이 모든 것을 바라보는 사람, 이 모든 인간 활동을 관망하는 사람, 이 담장과 지붕들을 눈과 마음에 담아 그것들을 사랑하며 그려보고자 하는 사람도 있어야만 할 것이다.

나는 훌륭한 화가는 아니다. 그냥 애호가에 불과하다. 그렇지만 이 넓은 계곡에 네 계절과 하루하루와 시간과 시간이 지니는 여러 모습들이며, 지형의 주름과 강변의 형태, 푸른 벌판에 제멋대로 나 있는 오솔길을 나처럼 잘 알고, 사랑하고 아끼며,

그것들을 가슴에 품고 그와 더불어 살아가는 사람은 아무도 없을 것이다. 여기 밀짚모자를 쓰고, 배낭을 메고, 접는 의자를 가진 화가가 있다. 그는 언제든지 이 포도원과 들판을 배회하며 귀를 기울였으며, 어린아이들은 그를 약간의 웃음거리로 만들기도 했다. 그는 때때로 다른 사람들의 집과 정원, 부인과 아이들, 그리고 기쁨과 슬픔을 부러워하기도 했었다.

나는 하얀 종이 위에 연필로 선을 몇 개 그리고, 팔레트를 꺼내고 물을 따랐다. 그러고는 약간의 황색 안료에 물을 흠뻑 묻힌 붓으로 내 그림 속에 가장 밝은 반점을 찍는다. 그것은 저기 맨 뒤쪽 윤기 흐르는 부드러운 무화과나무 위로 솟은 햇빛을 받는 박공집이다. 그러면 나는 죠바니도 마리오 카바디니도 모두 잊어버리며 그들을 부러워하지 않는다. 그들이 나를 신경 쓰지 않듯이 나도 그들 근심에 신경 쓰지 않는다. 오히려 잔뜩 긴장한 채 녹색과 회색을 가지고 씨름한다. 먼 산 위로는 젖은 붓을 가볍게 휘둘러 놓고, 푸른 잎들 사이에 빨강을 살짝 눌러주고, 그 사이로 파랑도 슬쩍 넣어주며, 마리오네 빨간 지붕 밑의 그림자에 몹시 신경을 쓰고, 그늘진 담장 위로 솟은 둥그스름한 뽕나무의 황록색을 표현하려고 애쓴다. 우리 마을 위의 산기슭에서 보내는 이 저녁 시간, 짧게 작열하는 그림 그리는 시간에 나는 다른 사람들의 삶을 관찰하는 구경꾼이 아니다. 그들 생활을 부러워하지도 않고 비판하지도 않는다. 그런 것은 다 잊어버린 채 나의 행위에 몰두하고 나의 도락에 빠진다. 남들이 그들 나름의 도락에 빠지듯이 꼭 그만큼 탐욕적으로, 그만큼 어린애같이, 그리고 꼭 그만큼 대담하게 내 유희에 몰입한다. —1926

Motiv bei Zürich.
취리히 근교에서의 모티브.
1921년 5월.

짐 꾸리기

Kofferpacken

작은 호텔방에서 나는 또다시 열어젖힌 트렁크 앞에 꿇어 앉아 있다. 꾸려야 하는 물건들 사이에서 결단을 내리지도 못한 채 귀찮은 일에 미리부터 짜증을 내고 있다. 이런 짓을 얼마나 많이 해왔던가. 한 번도 제대로 되질 않았다. 짐을 다 꾸려서 보내고 나면 끝에 가선 언제나 책상 서랍 속에 가득한 입던 내복들, 나이트 가운, 한 묶음의 책과 같은 것들이 발견되었다. 이런 것은 출발 직전에나 보이고, 그러면 사무실 안내양에게 짐을 묶을 노끈이나 상자를 부탁해서 소포로 부치거나, 여행길에 이 귀찮고 보기 싫은 보따리를 들고 다니는 고통을 겪어야만 한다.

이번에도 나는 징 박은 구두를 세 번씩이나 손에 집어 들었다가 다시 내려놓았다. 여행할 때마다 그 구두를 가지고 다녔다. 그러나 이곳에 머무는 일주일 동안 한 번도 신어본 적이 없다. 이 구두는 밑창에 징이 박혀 있어 단단하고 훌륭하다. 여기서는 신을 수가 없었지만, 시골집에 있을 때는 언제나 그런 구두를 신고 다녔다. 쪽마루 바닥을 긁어놓기도 하고, 대리석 층계를 올라갈 때는 신은 사람을 넘어지게도 하는 구두였다. 이 구두를 신고 올라가려고 했던 숲속 길이나 산길을 하나도 가보지 못했다. 사람은 나이를 먹으면 게을러지고, 다리는 관절염으로 고통스럽기 마련이다. 씁쓸한 기분으로 나는 이 멋진 구두를 신문지에 싸서 트렁크 모퉁이에 넣었다. 그리고 움직이지 못하도록 양옆으로 낡은 내의를 꽉 채웠다. 그 꾸러미를 트렁크 자물쇠 있는 곳에 매달려 있게는 했지만, 조금씩 흔들거리기 시작하며 마음을 불안하게 했다.

멋진 트렁크야, 난 너를 얼마나 자주 가득 채우고 또다시 비우곤 했더냐! 너는 얼마나 많은 짐을 기차로, 자동차로, 배로 운반해주었단 말이냐! 언젠가 인도로 여행할 때 너를 샀었지. 그 당시 너는 여러 칸막이로 된 트렁크란 멋진 이름으로 불렸고, 온통 새롭고 멋있는 물건들—색깔 있는 새 내복, 새로 맞춘 예복—로 가득 찼었지. 그런 것들은 그동안 낡고 해져서 하나하나씩 내게서 멀어져갔구나. 인도에서 돌아올 때는 여기에 이국적인 기념품과 장난감들이 가득했었지. 수마트라 산 바티크 천, 조그마한 청동 제품들, 단단한 나무로 만든 중국 장난감들, 상아와 흑단으로 만든 조각품들. 인도 항구와 원시림 계곡에서, 말레이의 흔들거리는 뗏목 위에서, 뾰족한 야자수 잎사귀로 지붕을 엮은 호상湖上 가옥에서 찍은 사진들로 가득 채웠었지. 그때 멋있었던 새 내복이 이미 넝마가 되어버린 것처럼, 이런 모든 물건들도 오래전에 없어졌거나 누군가에게 선물로 주거나 잃어버리거나 망가져버리기도 했구나.

너 장한 트렁크야, 넌 나를 위해 이 많은 책들을 세상 곳곳으로 끌고 다녀야만 했지! 그런데 책들은 지금도 여전히 내 소유로 남아 있구나. 그중에 하나는 첫 번째 여행부터 가지고 다녔던 것인데 이제는 낡았다. 다른 책들은 때때로 바뀌었지. 이번에 가지고 온 것 중에서 가장 좋은 책은 루돌프 빈딩*의 『시선詩選』이다. 아주 훌륭한 책이다. 하인리히 하우저의 『바다 위의 천둥』도 기술적인 면에서 약간 못마땅한 점이 있긴 하지만 마음에 든다. 이 작가는 모든 분명한 것에 대해 만족할 만한 표현을 쓰고

* 빈딩(1867~1938). 독일의 시인이며 소설가. 법학과 의학을 공부하였으나, 제1차 세계대전 참전을 계기로 창작에 입문하여 조소적이며 신비적인 경향의 작품을 썼다. 주요 작품으로 『긍지와 비애』, 『불멸』 등이 있다.

있다. 그는 훌륭한 수사가다. 그가 제대로 된 소설가인지는 이 흥미로운 책으로는 알 수가 없다. 이 책은 피셔 출판사에서 발행되었다.

그러나 나는 여전히 구두와 씨름하고 있다. 언짢은 마음으로 여기 구두를 바라본다. 구두는 내게 경고까지 한다. 마음이 좀 꺼려진다. 왜냐하면 옛날에 난 방랑아처럼 가벼운 짐을 걸머지고 주로 걸어서 여행하곤 했기 때문이다. 그러한 것이 오늘날의 여행보다 더 행복하고 내게는 더 어울리는 것 같다. 오늘날 여행이란 기계의 영향권에서 벗어나질 못하기 때문이다.

내가 지금 남쪽 고향집에 있다면, 내일쯤 이 구두를 신고 돌 많고 경사진 숲길을 달려 호수 계곡까지 내려가서 건너편 꼭대기 마리아 성당이 서 있는 아름다운 장밋빛 산으로 올라갈 것이다. 그러나 여기서는 구두가 필요 없다. 이 낡은 하이킹 구두는 지금 자리만 차지하고 있다. 그리고 내게 다른 시절, 더욱 기분이 좋았고 정정한 다리를 가졌던 젊은 시절을 상기시켜주고 있다. 지나간 과거뿐만 아니라 매일 일어나는 새로운 일, 말하자면 내 삶의 투쟁과 도피에 대해서도 경고하고 있다. 왜냐하면 내가 한 방랑이나 여행은 모두 근본적으로는 옛날이나 지금이나 도피에 불과하기 때문이다. 그러나 이는 대도시 사람이나 세계를 돌아다니는 유람객의 도피가 아니고, 나 자신으로부터의 도피, 즉 내면으로부터 외면으로 향하는 영원한 도피도 아니다. 오히려 그 반대다. 이 시대로부터의 도피다. 기계문명과 돈과 전쟁과 소유욕의 시대로부터 벗어나려는 시도다. 이 시대는 매력과 위력이 있을지 모르지만, 나로서는 최선을 다한다 해도 동의하거나 좋아하기는커녕 고작해야 겨우 참고 견디어 갈 만한 정도다. 그러므로 이 구두의 경고는 치명적이다. 왜냐하면 공간적인 도피—하이킹 구두를 신고 돌아다니는 것이나 기차나 배를 타고 여행하는 것—가 나를 목적지에 데려다주지 못한다는 사실을 이미 잘 알고 있기 때문이다. 이런 도피는 시대로부터 나를 벗어나게 해주지는 못했다.

그럼에도 나는 다른 방법들 외에, 오늘날까지 가끔 여행이라는 낡은 방법을 시도하고 있다. 때로는 체념한 태도로, 때로는 유머를 가지고, 때로는 양심의 가책을 느끼면서 계속 새로이 시도한다. 자기 시대와 갈등을 겪으면서 살아가는 자에게 다른 방법도 있다는 것은 다행스러운 일이다. 시대로부터의 도피 이외에 시대에 대한 투쟁도 있다. 장군이나 은행가나 기술자에 대한 작가의 반항이라든가 계산기에 대한 영혼의 반항이 있고, 오늘날 우리가 '삶'이라고 일컫는 야만과 빈곤에 대한 마음의 반항 같은 것이 있다. 오늘날 유럽에는 작가들이 그렇게 많이 살고 있는 것 같지는 않다. 그럼에도 그들 작품을 통해 이 시대에 대한 반항을 말하지 않거나 현시대에 대한 번민에 뿌리박고 있지 않은 작가는 단 한 사람도 없다. 이런 작가들의 선두에 서 있는 사람은 크누트 함순*이다. 우리의 큰형과 같은 그는 완고하면서도 소심한 정년퇴직자처럼 도시와 기계, 총검과 대포에 대한 반항과 증오에 가득 차서 숲과 바다로 시선을 돌리고 있다.

이번에 내가 한 여행은 의무에서였다. 몇 가지 강연을 해 주기로 약속했던 것이다. 마인강 남쪽의 꽤 아늑하고 아름다운 지역에서였다. 포도도 자라지 않는 고장을 내가 오로지 문학 때문에 여행하리라 생각한 사람은 아무도 없었다. 그러나 이번 여행도 도피 그 자체의 의미를 담고 있었다. 적어도 이번 여행은 내게 유머에 대한 선생이요 안내자 역할을 했다. 강연이 끝난 후에 나는 시골생활을 즐겼고 고독을 두 배로 맛보았다.

성찰하는 일은 그만 치워두자! 이제 단단하고 모난 짐 사이의 틈새를 꽉 채우고 싶다. 털실로 짠 스웨터가 손에 잡혔으며, 거기에 아주 잘 들어맞았다. 이 스웨터도 쓸데없이 여행 갈 때마다 그냥 가지고 다닌다. 한 번도 입어본 적은 없다. 그러나 언젠가 겨울 여행을 하다가 지독한 추위를 만나게 될지도 모른다. 그럴 때 이 스웨터를 가지고 온 것이 얼마나 다행이겠는가. 예전에 겨울 여행할 때면 언제나 이것을 가지고 다녔다. 그 당시에는 스

* 함순(1859~1952). 노르웨이의 소설가. 반사회적인 개인주의자와 방랑자를 주인공으로 하는 소설을 썼으며 1920년에 노벨문학상을 받았다. 대표작으로 『땅의 혜택』, 『기아』 등이 있다.

키 양말과 두터운 방수 스키화도 항상 지참했다. 이 낡은 스웨터에는 수백 가지의 재미있는 추억들이 얽혀 있다. 이 평범한 회색 털스웨터에서는 산바람과 눈과 퓐 냄새가 나고, 햇빛이 스며드는 산악 지대의 숲속에 있는 전나무와 소나무 송진 냄새, 여우 발자국 냄새, 그리고 그라우빈덴과 베른 고지대를 등산하며 굶주렸을 때 즐겼던 아침 식사 냄새가 풍겼다. 스웨터는 수많은 재미있는 추억과 고마운 생각들을 내 마음속에 일깨워주었다. 그리고 중세의 아름다운 기사소설『로헤르와 말러』에 나오는 한 구절이 머리에 떠오른다. 독일의 젊은 기사가 먼 나라에 포로로 잡혀갔다. 그는 거기서 쓰라린 곤궁과 기아, 불결과 질병 속에 허덕이면서 자기 내의에게 말한다. 그 내의는 자기 고향과 행복했던 시절을 생각나게 하는 유일한 물건이다. 그것마저도 이제 다 낡아서 넝마가 되어버렸다. "아, 내의야, 내 내의야!" 그는 쓰디 쓴 비탄에 젖어 소리쳤다. 그러자 낯선 타향의 참혹한 고통 속에서도 아름다웠던 과거가 그의 마음속에 빛났다.

나의 내의에도 이런저런 슬픈 사연이 있다. 오늘날 돈 주고 사는 물건은 조잡스럽고 질 낮은 것들이 많다. 그럼에도 나는 내 물건들을 기꺼이 보관하고 싶다. 그저 습관처럼 무심하게 그들을 버리지 않는다. 나는 물건들을 성실하게 지키고, 오래 가지고 있을 수 있도록 구제할 방법을 모색한다. 떨어진 내의, 못쓰게 된 구두, 거의 읽지 않는 책과 같은 불필요한 물건이라도 별 관심 없이 내버리는 사치스러운 태도를 배운 적이 없다. 나는 시대에 뒤떨어진 사람이다. 시대적 감각이 부족하다. 나는 전쟁 중에도, 위대한 시절에도 즐거움을 느낄 수가 없었다. 그래, 그냥 내버려두는 것이 좋겠다. 오늘은 구두와 내의 모두 다 그대로 놔두자! 심부름하는 아이를 불러서 내 대신 짐을 다 꾸려놓도록 해야겠다.

나는 방을 나와 시내로 갔다. 트렁크 열쇠는 심부름하는 아이에게 넘겨주었다. 내일은 취리히에서 <돈 주앙>을 듣게 될 것이다. 일주일 후에 슈투트가르트에서는 언젠가 어린 소년이었을 때 처음으로 몰래 담배 피우던 장소를 다시 보게 될 것이다. 그다음에는 프랑크푸르트에서 가헤트 박사가 소장하고 있는 반 고흐 초상화와 바르톨로메오 다 베네치아의 <꽃 파는 곱슬머리 소녀>를 다시 보게 될 것이다. 그리고 몇몇 친구들을 만나서 라인산 포도주를 마셨으면 하는 기대도 해본다. 몇 년 동안 라인 포도주를 마시지 못했다. 다시 한번 뛰어다녀 보고 싶다. 다시 한 번 물결에 몸을 내맡겨 보고 싶다. 화려하게 등장하여 탕아가 멀고 낯선 땅에서 그러했던 것처럼 만족한 사람 노릇을 해보고 싶다. —1926

Vorplatz der Casa Rossa mit der Veranda vor Hesses Atelier.
헤세의 화실 앞 베란다가 있는 로사 별장의 앞마당.
펜화에 수채화 채색, 1931년.

Die Kirche von Agra.
아그라 교회.
수채화, 1925년.

빨간 물감이 없이

Ohne Krapplack

다시 한번 나 자신만을 위해 어느 하루 오전 시간을 구해내고 탈출하는 데 성공했다. 사회적 의무는 좀 기다려야만 한다. 일상생활의 모든 잡동사니는 잠시 그대로 놔두어도 좋다. 이 지루하고도 녹슨 장치를 계속 움직이도록 유지해야 할 의무가 있단 말인가. 출판업자의 교정도 기다려야 하고, 겨울에 강연을 해달라고 초청한 보훔과 도르트문트 사람들도 기다려야 한다. 대학생들이 보내온 편지도 기다려야 하고, 베를린과 취리히에서 온 방문객과 문학 소년들과 정신적 귀족들도 기다려야 한다. 계속 문학만 떠들어대는 것보다 내 집 앞을 이리저리 서성거리며 한 번쯤 이 아름다운 지방을 구경하는 것도 좋으리라!

이 모든 것으로부터 나는 도망쳐 나왔다. 이제 몇 시간 동안은 책들도 없고 서재도 없다. 그저 태양과 나, 밝고 보드랍고 초록빛 사과처럼 반짝거리는 9월 아침의 하늘, 그리고 뽕나무와 가을 포도 넝쿨 잎에 깃든 빛나는 노란색만이 있을 뿐이다. 나는 작은 회화용 의자를 손에 들고 있다. 그것은 내 요술도구요 파우스트 망토다. 그 도움으로 수천 번이나 마술을 부리고, 멍청한 현실과의 투쟁에서 승리를 거두었다. 등에는 배낭을 메고 있다. 그 속에는 조그만 화판, 수채화 물감이 담긴 팔레트, 그림 그릴 때 사용하는 물병, 이탈리아제 고급 종이 몇 장, 그리고 시가 담배와 복숭아 한 개가 들어 있다. 10분 후면 도착할 우편 배달부가 나를 붙잡기 전에 나는 집에서 나온다. 마을로 걸어가면서 혼자서 옛날 이탈리아 군가를 부른다. *병영이여 잘 있거라, 다시 만나진 못하리라! Addio la caserna, non ci vedremo più!*

나는 멀리 가지 않았다. 포도원 그늘에 잡초가 축축하게 젖어 이슬방울을 떨어뜨리고 있는 작은 초원 오솔길로 접어들자마자, 무조건 그려야 할 한 폭의 그림이 나를 부른다. 그것은 너무나도 아름답고 신비스럽게 빛을 발하며 나를 바라본다. 오래된 농원에 주목과 종려나무, 실측백나무와 목련, 그리고 수많은 관목들이 산을 향해 가파르게 뻗어 있다. 실측백나무의 가볍게 구부러지고 바늘처럼 뾰족한 가지들은 불꽃처럼 하늘을 향해 뻗쳐 있다. 저 아래 거무스레한 초록빛 바다에는 매력적으로 날카로운 그림자를 드리운, 눈부실 정도로 빨간 벽돌 지붕이 불타고 있다. 저쪽 높은 곳에는 잠들어 있는 정원과 나무 천국에 날카로운 모서리 그림자를 드리운 어느 별장이 요염하게 눈길을 보낸다. 아직 마을이나 다름없는 여기에 머무르며 넓다란 풀숲에 발을 적시는 일은 사실 내게 전혀 어울리지 않는다. 그러나 이젠 어쩔 수가 없다. 그 빨간 지붕과 굴뚝 밑에 드리운 그림자, 그리고 나뭇잎에 깃든 깊고 신비로운 파란색이 나를 놓아주지 않는다. 그것을 그리지 않을 수 없다. 나는 접는 의자를 펼쳐놓는다. 내 소풍 친구요 동료들이 집으로부터 야외로, 의무로부터 오락으로, 문학으로부터 미술로 옮겨온 것이다. 나는 조심스레 자리에 앉는다. 천으로 만든 의자가 약간 삐걱거리는 소리를 내며 새로 못을 박으라고 경고한다. 어제도 못질하는 것을 또 잊어버렸다. 독일에서 온 어떤 사나이 때문이다. 그는 휴가 동안 남쪽 지방에 머물면서 시골 사람들을 찾아다니고 문학 이야기를 하는 것 외에는 다른 현명한 생각을 전혀 하지 못한다! 제기랄, 그놈 다리나 부러졌으면 좋겠다! 아니, 실은 그래서는 안 된다. 대신에 앞으로는 베를린에나 가면 좋겠다! 의자가 나지막하게 삐걱거린다. 배낭을 풀숲에 내려놓고 그림 상자와 연필과 종이를 풀어놓는다. 종이를 무릎에 올려놓는다. 지붕, 그림자가 드리운 굴뚝, 언덕의 선, 높고 빛을 발하는 별장, 실측백나무의 검은 꽃불, 관목의 깊고 푸른 그림자 속에서 경이롭게 반짝이는 햇빛을 받아 밝은 밤나무 줄기를 그리기 시작한다. 나는 곧 끝낸다. 오늘은 세세한 것이 중요한 게 아니라, 색채만이 문제이기 때문이다. 나음번에 다시 작고 세세한 것들에 몰두하고, 나무의 잎들까지 헤아릴 것이다. 그러나 오늘은 아니다! 오늘은 그저 색채만이 중요하다. 시냇물의 충분히 묵직한 빨강, 그 속에 깃들인 모든 파란색과 보라색, 그리고 검은 나무숲에서 반짝이는 밝은 집이 중요하다.

재빨리 색을 뽑아내고 팔레트의 오목한 곳에 물을 약간 붓고 붓을 담근다. 그리고 나는 깜짝 놀란다. 팔레트의 물감 구멍 여러 개가 비어 있는 것이다. 완전히 비어 있고, 깨끗이 닦여 있으며, 물감 찌꺼기도 남아 있지 않았다. 그리고 없는 색들 중엔 빨간 물감도 있었다! 그러니까 바로 그 신비한 색조 때문에 스케치를 시작한 내가 그렇게도 좋아하는 빨간색이 없었던 것이다! 빨간 물감이 없이 대체 어떻게 저 화려한 물결 모양의 벽돌 지붕을 그린단 말인가?

하느님 맙소사. 그런데 대체 어째서 빨간 물감이 없어졌단 말인가? 무슨 이유에서 박박 긁어낸 텅 빈 구멍뿐이란 말인가? 나는 그 이유를 곧 알 수 있었다. 이삼일 전 일이었다. 그림을 그리고 집으로 돌아와서, 나는 씻고 휴식을 취하기 전에 물감

구멍 몇 개를 새로 채워 넣으려고 했다. 코발트색과 빨간색 그리고 초록색 몇 가지를 긁어냈다. 손에 온통 물감을 묻힌 채 상자에서 새로 채울 물감 튜브를 꺼내오려고 했다. 그때 누군가가 문을 두드렸다. 방문객이 또 찾아온 것이다. 아주 멋진 테니스 복을 입은 사나이였다. 그는 호화판 호텔과 자가용의 냄새를 풍겼다. 마침 루가노에 머물기 때문에 내가 사는 곳으로 차를 몰고 왔다. 내 작품『황야의 이리』를 읽었으며, 자신도 근본적으로는 황야의 이리 같은 성격이라는 점을 알려주겠다는 마음을 먹었다고 했다. 그의 모습이 꼭 그러했다! 하여튼 나는 그림 도구를 도로 배낭에 쑤셔 넣고 15분쯤 그 사내의 이야기를 들은 다음에 대문까지 그를 배웅하고는 이중으로 문을 잠그고 빗장을 질러버렸다. 그런데 그와 면담하느라고 물감 채우는 것을 잊어버렸던 것이다. 그리고 지금, 그림 그리고 싶은 열정에 사로잡히고, 저 빨간 지붕에 반한 채 여기에 앉아 있다. 근데 빨간 물감이 없다! 그래, 낯선 방문객을 절대 받아들여서는 안 된다! 그리고 책을 써서도 안 된다! 그로 인하여 그런 일이 생기는 것이다!

나는 분통이 끓어올랐다.

기분만으로 예술이 되는 것은 아니다. 재치도 있어야 한다. 그런 생각을 하면서 나는 혼자 말했다. “빨간 물감이 없을지라도 그림에 어울리는 색조를 만들어낼 능력이 없다면, 차라리 그림 그리기를 포기하라!” 그런 다음 빨간색을 대체할 만한 색을 만들기 시작했다. 나는 주황색에다 파란 적색을 약간 섞었다. 여러 가지를 혼합해도 바라는 색채가 나오지 않았다. 최소한 대비라도 잘 시키기 위해, 시냇물 주변 색조를 파랑에서 노란빛이 도는 초록으로 바꾸었다. 나는 이를 악물고 긴장한 채 색을 혼합하는 일에 열중했다. 빨간 물감을 잊어버렸다. 낯선 사람들과 문학과 세상을 잊어버렸다. 서로서로 어울려 아주 특정한 가락을 연주해줄 몇 가지 색과의 투쟁 이외에는 아무것도 존재하지 않았다. 한 시간이 흐르는 동안 화폭은 가득 채워졌다.

그러나 종이를 어느 정도 말린 후 풀 위에 세워놓고 보니, 아무것도 이루어지지 않았고 아무것도 성취하지 못했다는 것을 바로 알 수 있었다. 별장 지붕 아래의 그림자만이 아름다웠다. 그 그림자는 코발트색 없이 그렸을지라도 제대로 자리 잡고 올바로 그려졌으며 창공과 멋지게 어울렸다. 전경은 모두 더럽혀졌고 실패작이 되었다. 나는 빨간색을 만들어낼 능력이 없었던 것이다.

나는 아무것도 할 수가 없었다.

아, 예술에 있어서는 오로지 능력만이 중요하구나!

사람들이 무슨 말을 한다 해도 예술에서 결정적인 것은 능력, 즉 잠재력일 따름이며, 나로서는 요행이라고도 말할 수 있다! 때때로 나는 그와 반대되는 생각을 하곤 했다. 한 인간이 무엇을 할 수 있고 얼마나 노련하게 자기 예술을 추진해가느냐가 중요한 것이 아니라, 인간이 마음속에 품고 있고 또 말할 그 무엇인가를 가지고 있느냐가 중요하다고 주장했었다. 바보 같은 소리다! 인간은 누구나 마음속에 무엇인가를 품고 있고, 무엇인가 할 말을 가지고 있다. 그러나 침묵해버리거나 더듬거리지 않고, 언어로든 색채로든 음조로든 실제로 말한다는 것만이 중요하다! 아이헨도르프*는 위대한 사상가가 아니었고, 르누아르**는 추측건대 비상하게 심오한 인간은 아니었다. 그러나 그들은 자신의 일을 해낼 수 있었다! 그들은 많든 적든 간에 자신이 말해야만 할 것을 완전히 표현해냈다. 그런 일을 할 수 없는 자는 펜과 붓을 던져버려야만 한다! 아니, 그보다는 계속 추진해가고 자꾸자꾸 연습해야만 하며, 무엇인가를 할 수 있을 때까지, 성공할 때까지 포기해서는 안 된다.

다시 그림 그릴 짐을 꾸릴 때, 나는 이 두 번째 길을 택하기로 결심했다. —1927

* 아이헨도르프(1788~1857). 독일 후기낭만파 시인이며 소설가. 향토색 짙은 서정시들과 대표작 『방랑아 이야기』를 남겼다.

** 르누아르(1841~1919). 프랑스의 화가로 인상파 그룹의 한 사람. 후에는 독자적인 색채 표현을 통해 원색 대비에 의한 원숙한 작풍을 확립했다.

회화가 주는 기쁨과 고민

Malfreude, Malsorgen

오늘 나는 오랫동안 부두에 놓인 초록빛 벤치에 앉아 있었다. 이 딱딱하고도 멍청스런 휴식 벤치는 먼지투성이 자갈 위에 일정한 간격을 두고 여기저기 흩어져 놓여 있다. 저녁이 되면 부랑인들과 이방인들이 거기에 앉아 있곤 한다. 여러 해 전에 나는 호숫가의 이 도시를 알았고, 여러 달 동안 여기서 살기도 했다. 그러나 언젠가 부랑인들 틈에 끼어 이 지루한 벤치에 앉아 있으리라고 생각해본 적은 없었다. 하지만 오늘 정오경에 한 시간 정도 홀로 거기 앉아 있었던 것이다. 찬란한 빛 때문에 눈을 깜빡이면서, 강둑 담 뒤로 밝고 깊은 청록색

선처럼 보이는 호수가 파랗게 반짝이는 것을 바라보았다. 멀리서 돛단배 두 척이 허공에서 휴식을 취하듯 호수 위에 떠서 흔들거리고, 초록빛 강둑은 억센 팔로 호수를 감싸 안고 있었다. 남쪽으로는 밝은 여름 구름 사이로 여기저기에서 눈 덮인 산의 희미한 윤곽이 헤엄치는 듯했다.

그 시간은 아주 조용했다. 눈을 깜빡거리고 때로는 반쯤 졸면서, 또 이따금씩 멀리서 돛단배가 움직이는 것을 추적하면서 나는 벤치 한 구석에 쪼그리고 앉았다. 가까이에는 살아 움직이는 것이 거의 없었다. 한번은 털로 짠 스웨터를 입은, 운동으로 단련된 듯한 건장한 청년이 지나갔다. 그 잘생긴 젊은이의 길고도 순수한 머릿결이 보드라운 바람에 나부꼈다. 그리고 한번은 일곱이나 여덟 살쯤 된 땅딸보 소년이 지나갔는데, 지루한 자갈길을 걷는 대신 부두의 담벼락 난간 위를 오만스레 걸어갔다. 오른쪽 손에 장난감 피스톨을 들고 계속 장전하면서, 정확히 다섯 발짝을 떼어놓을 때마다 한 발씩 총을 쏘아댔다. 어떤 전쟁 영웅이나 인디언에 대한 동경이 아이로 하여금 그렇게 리듬을 맞추면서 끝없는 담벼락 위를 걸어가도록 이끌었을 것이다.

그 작은 모습의 윤곽이 불분명해지기 시작하고 달아나버린 어린 반점만 남았을 때, 나는 문득 그림 그리기에 아주 좋은 날씨라는 생각이 들었다. 진정 그림 그리기 좋은 날로 공기와 물, 대지와 생물들은 마술적인 입김에 에워싸여 자비로운 조화 속에 사로잡혀 있는 듯했다. 그런 날에 화가들은 그릴 대상에 완전히 반해버린다. 모든 것이 마술적이고 다시없을 정도로 아름답게 보이고, 우주 만물은 자기를 그리라고 유혹한다. 가장 생소하고 가장 무미건조한 것까지도 고요한 성인의 빛처럼 주위에 향기와 매력을 떠돌게 한다.

아, 얼마나 오랫동안, 무한할 정도로 오랫동안 그림을 그리지 않았던가! 몇 달 동안이나 이런 행복을 맛보지 못하며 지내왔는가! 무미건조한 도시 생활과 햇빛이 빈곤한 겨울날을 살고, 몰아치듯 성급하게 수많은 여행을 하고, 연구하고 창작을 하면서 나는 반년이 넘게 그림을 그리지 못했다. 홀리는 듯한 인상에 사로잡히지도 못하고, 고요히 흥분시키는 투쟁을 해보지도 못했다. 여행을 하면서 도시에서는 그림을 그릴 수가 없었다. 그림을 그리는 데는 시골 생활과 많은 시간, 자연 속에서의 고독한 방황, 고요와 가라앉은 분위기가 필요했다. 아, 갑자기 그림 그리기 좋은 공기가 불어와서 나를 일깨웠을 때, 지나간 여름에 맛본 화가의 행복을 얼마나 그리워했던가! 그다지도 오랫동안 작업장에서 멀리 떨어진 도시에 사는 바람에 기회를 놓치고 있다니 얼마나 바보스러운가! 얼마나 많은 봄날을 이용하지도, 즐기지도 못한 채 흘려보내버렸던가!

갑자기 나는 모든 것을 회화적으로 바라보았다. 발밑에 있는 자갈땅은 보드라운 장밋빛 광채를 띠고 있었고, 호수 위의 돛단배에서는 황갈색과 오렌지색이 반짝거렸다. 강변에 이는 잔 물결의 영상은 산더미처럼 풍부한 물감들이 서로서로 녹아드는 색채의 혼합으로, 저 멀리 놓여 있는 팔레트 조각들처럼 보였다. 수정 같은 물의 청록 빛깔은 금속 악기의 높은 음향처럼 밝고 낭랑하게 노래했다. 햇빛 비치는 집들의 담벼락은 밝은 초록색 나무들 사이로 따스하고 정답게 이야기를 나누고, 초록 나무 아래는 짙고도 두터운 그림자들이 산적해 있었다.

그러나 여기에서, 이곳 도시의 삭막한 부두에서 사람들 틈에 끼어 그림을 그린다는 것은 생각할 수 없었다. 아, 테신 집의 밤나무 숲으로 덮인 그림자 지붕 아래 앉아서 그림 도구를 옆에 끼고 있다면 얼마나 좋을까! 그러나 이것은 쓸데없는 소망이다. 나는 여행 중에 한 도시에 머물고 있으며, 숙소에는 몇 달 동안 쓰지 않아 물감이 말라붙고 먼지가 뒤엉긴 조그맣고 초라한 수채화용 팔레트가 하나 있을 따름이다. 침울한 마음으로 나는 숙소를 향해 걸어갔다. 본격적으로 그림 그리기를 기다리는 동안 잠깐이나마 수채화 물감을 가지고 놀고 싶었다. 어느 애호가나 수집가를 위해 짤막한 원고를 작성하고, 그림을 그려 넣은 동화나 풍경화 혹은 꽃그림이 담긴 시를 쓰고 싶었다.

그리움에 젖고, 흔들거리는 색조로 가득 차고, 빛깔에 대한 욕망으로 충만한 채 나는 집으로 돌아왔다. 밝은 태양 빛으로부터 나와 서늘한 그림자 협곡을 이룬 집 대문과 계단과 어두컴컴한 복도를 지났다. 방 안에는 고요하고도 서늘한 빛과 진주 같은 회색 그림자가 화창한 야외의 푸른색과 아름다운 대조를 이루고 있었다. 그런데 방에 놓인 책상 한가운데에서 경이로운 일이 벌어졌다. 사랑스러운 색채의 생생한 물결이 일고, 아주 차분한 음조의 협주곡이 연주되고 있었다. 그것은 꽃 세 송이가 달린 목련이었다. 한 송이는 너무 피어서 벌써 꽃잎이 떨어질 지경에 이르렀고, 또 한 송이는 이제 한창이었고, 나머지 하나는 아직 꽃봉오리 그대로였다. 바깥쪽은 붉은빛을 띤 보라색이고, 안쪽은 아주 섬세하게 광택이 도는 명주처럼 하얀색을 띠고 있다. 회색 공간 속의 커다란 꽃송이들은 매혹될 정도로 아름답고 영혼이 깃든 것처럼 보였다. 벽에 걸린 그림들로부터 그림자가 드리웠다. 수수한 색깔들이 그들 음조에 응답하고 있었다.

놀랍고 황홀한 마음으로 꽃 앞에 섰다. 나는 이 꽃을 잊어버리고 있었다. 불과 어제 어느 친구 집 정원에서 기쁜 마음으로 꺾어왔으며, 무언가 생명이 있고 색채가 있는 것을 내 방으로 가져온다는 것이 즐거워서 조심스레 물을 주고 잘 꽂아놓았던 것이다. 그 꽃들은 얼마나 아름다웠던가! 성스런 빛깔의 율동이 얼마나 넘쳐흐르고 있는가! 커다랗게 활짝 핀 꽃송이는 감미로운 죽음의 예감을 안고 통통하게 윤이 나는 꽃봉오리 위로 몸을 굽히고 있다! 보드랍게 구부러지고 가볍게 말려들어간 꽃잎 가장자리의 보랏빛은, 장미색을 넘어 고요하고 싸늘한 흰빛으로 변

Magnolie.
목련꽃.
　수채화, 1928년.

색되고 있구나! 그러나 이런 아름다움도 단 한순간, 얼마나 무상하게 사라져버리는가! 우리는 이런 모습을 그릴 수 있다. 또 그려야만 한다. 아주 급하고 탐욕적으로 그려야만 한다. 그러나 바보 같은 나는 어제도 오늘 아침에도 그것을 알아보지 못했다. 집으로 돌아온 이 순간에야 발견한 것이다.

나는 모자를 의자 위에 던져버리고 물을 한 잔 떠왔다. 수채화용 팔레트를 끄집어냈다. 축축한 헝겊으로 무지러지고 먼지 앉은 물감들을 다시금 말끔히 닦아냈다. 크롬 황색과 베로나 초록색이 반짝이고, 빨간 물감과 짙은 남색이 촉촉하게 녹아들며 반짝이는 것을 보았다. 그러곤 자리에 앉아 이탈리아제 도화지를 한 장 펼쳐놓고, 붓을 물에 담가 아주 엷은 색을 찾으며 평면 위를 스쳐갔다. 흘러 없어지는 보라색이 분홍색과 흰색이 되도록 붓과 손가락으로 엷게 문질렀으며, 팔레트에 정신을 집중하고, 아름답고 말이 없는 세 송이 꽃봉오리에 몰두했다. 금세 물에 젖어 뒤틀어지는 종이와 씨름하다가 나는 그것을 찢어버리고 도화지 한 장을 새로 꺼냈다.

책상 위 목련꽃 옆에는 우편물이 있었다. 저녁 초대장과 피에솔레에서 온 엽서가 한 장, 하드커버에 레이스로 장정된 신간 서적 두 권이 놓여 있었다. 나는 그것을 쳐다보지도 않았다. 목련꽃과 도화지 외에는 아무것도 존재하지 않았다. 미소를 짓는 듯한 밝은 초록색을 도화지 끝에 칠하는 것과 재빨리 배경을 스케치하는 것 말곤 아무것도 중요하지 않았다. 행복감과 긴장으로 들뜬 채 나는 탐욕적으로 종이 위에 색을 칠했다. 꽃봉오리의 녹아드는 듯한 심연 속을 바라보면서 푸르고 붉게 물든 물 잔에 성급히 붓을 담갔다. 한번은 밖으로 나가 새로 물을 떠왔으며, 한번은 책상에서 흰색 튜브를 가져왔다. 흰색 물감이 없이는 유감스럽게도 제대로 해나갈 수가 없기 때문이었다. 그 외에는 그리기를 멈추는 일도 휴식하는 일도 없었고, 어떠한 이성이나 자의식도 없었다. 나는 칠하고 지우고 물에 담그고 표현했다. 약간의 파랑과 약간의 노랑을 첨가했다가 곧 다시 젖은 붓으로 엷게 했다. 아, 세상에 그림 그리는 것보다 더 아름답고 더 중요하며 더 행복한 일은 아무것도 없다. 다른 일은 전부 멍청한 짓이다. 시간 낭비요, 부질없는 것들이다. 그림 그리는 일은 정말 멋지다. 그림을 그린다는 것은 값진 일이다!

마지막으로 나는 배경을 좀 더 확실하게 하려다가 난관에 부딪쳤다. 녹회색으로 가득한 붓을 너무 물기가 많은 곳에 갖다 댄 것이다. 여러 빛깔이 뒤섞여 번지기 시작했고 침울한 빛깔의 실뿌리가 뻗쳤다. 나는 절망적인 심정으로 그것을 닦아버렸다. 동시에 갑자기 모든 구석마다 악마가 뛰쳐나왔다. 여기에서는 추악하게 굳어버린 가장자리 색이 발견되고, 저기에서는 밝은 색채로 남겨둔 조그마한 공간이 회색으로 더러워진 것이 보였다. 보다 성급히 물 잔에 붓을 담갔고, 보다 두려운 마음으로 고쳐 칠했다. 대체로 화폭 전체가 너무 빨갛지 않았나? 파란색 같은 냉담한 빛이 너무 적지는 않았나? 흰색을 포기하지 않은 것이 아주 어리석은 짓은 아니었던가? 아, 어찌하여 이 짙은 남색을 꽃잎 그림자와 배경에 사용했단 말인가? 계속해서 닦아내고 칠을 하는 동안에도 결점이 눈에 띄었다. 그래, 나는 서둘러 그림을 망쳐버렸다. 포기해야만 했다. 붓을 놓고 화폭이 완전히 마를 때까지 기다리기로 했다. 그다음에 어찌 될지 보기로 하고.

화폭이 말랐을 때, 나는 비로소 눈을 떴다. 아뿔싸, 놀라울 만큼 아름다운 꽃으로 대체 뭘 만들어놓았단 말인가. 추해진 종이 위에는 황폐한 얼룩만 칠해져 있었다. 종이가 안됐고, 물감이 안됐다. 이 엉터리 그림을 그리느라고 더럽혀진 물이 안됐다!

나는 그 물감 칠한 도화지를 조각조각 찢었고, 천천히 휴지통에 던져버렸다. 그림 그리기보다 더 위험하고 더 어려우며 더 실망스러운 일이 있을까? 그보다 더 까다롭고 절망적인 일이 있을까? 목련꽃을 그리려 하는 주제넘은 시도와 비교해볼 때 『돈키호테』나 『햄릿』 같은 작품을 쓴다는 것이 오히려 아주 사소하고도 어린아이 장난 같은 일이 아닐까?

이렇게 격렬한 생각을 하면서도 나는 기계적으로 화판에 새 종이를 끼우고, 두 개의 붓을 말끔히 빨았으며, 깨끗한 물을 다시 떠다놓았다. 그러고는 천천히 마음을 졸이면서 새로 그림을 그리기 시작했다. —1928

Klarer Tag.

맑은 날.

수채화, 1919년.

왼편 아래 '19년 헤세'라는 날짜와 사인,

뒤편에 '맑은 날, 헤세'라는 메모.

이웃 사람 마리오

Nachbar Mario

햇빛 비치는 어느 날 오전에 나는 숲속에 앉아 있었다. 여기저기에 벌써 아카시아 나뭇가지가 물들어 있었다. 푸르스름한 빛이 약간 남은 밝은 노란색 잎들이 떨리는 금빛 물방울처럼 흔들거렸다. 나는 가을이 시작된다는 작은 신호에 둘러싸여 앉아 있었다. 빨갛고 은회색 빛을 띤 버섯, 아직 허옇게 덜 익은 채 초록색 밤송이에 박혀 있는 밤알들, 그리고 꽃 피는 돼지나물과 토끼풀이 나를 에워싸고 있다. 나는 한가로운 것이 아니라 일에 깊이 몰두해 있다. 지난 몇 해 동안 나는 계속 그림만 그렸는데, 최근에 갑자기 스케치에 빠졌다. 요즘엔

밤에 가끔 꿈을 꿀 정도로 이 새로운 일에 빠져 있다. 그래서 무릎에 화판을 올려놓고 앉아서 한 조각의 숲을 도화지에 스케치하고 있었다. 거대한 뱀처럼 뒤죽박죽 뒤엉켜서 기어가는 구부러진 밤나무 고목이 열댓 개쯤 서 있다. 그 사이로는 밝은 갈색의 아카시아 나무줄기가 곧고 가느다랗게 뻗어 있다. 그 나무줄기 주변으로는 나뭇가지와 수관이 뒤섞여 있고, 나무줄기 아래로는 돌과 양치식물과 나무뿌리들이 그물처럼 엉켜 있다. 나무들 사이에 약간 허물어진 암벽 지하실 입구가 있다. 담벼락을 이룬 두 개의 기둥 사이로 서까래를 엮어 만든 문이 있고, 서까래 뒤로 깊은 바위 동굴이 시커멓게 뚫려 있다. 나는 이것을 제대로 그려내지 못할 것이다. 그렇다고 열심히 하지 않을 이유가 되진 못한다. 우리가 언제나 할 수 있는 일만 한다면, 지루하게 스스로의 정신을 죽이게 된다. 경찰관이나 관공서의 여권과 관리들은 이런 점을 잘 알고 있다. 그들은 조심스레 알파벳을, 즉 이름 등을 읽는 법을 배운다. 그리고 늘 긴장하고 호기심을 가진 채 개개의 여권을 기록하고 통제하는 일을 꾸준하게 지속한다. 이를 통해 자신을 언제나 신선하고 건강하게 유지한다. 그 어려운 일을 언제나 처음 하는 것처럼 행하는 것이다.

나는 양치식물과 싸움을 하고 나무줄기에 그림자를 그려 넣었다. 두껍게 뒤엉킨 나무줄기와 신비에 가득 찬 동화의 문에 호기심을 느끼고 있었다. 그 문은 두 개의 돌기둥 사이에서 시작해 산속 요정들에게로 통했다. 깊은 암흑이 깃든 이 심연을 흰 종이 위에 연필로 그려 넣는 것이 가장 큰 즐거움이었다.

그림자의 선을 그리다가 눈을 들었을 때 나는 깜짝 놀랐다. 그 광경이 갑자기 변했기 때문이다. 서까래로 된 문이 활짝 열려 있고, 짙은 암흑의 지하실 구멍에서는 따스하고 기묘한 촛불 빛이 흘러나오고 있었다. 그러다가 곧 촛불은 꺼졌다. 심연으로부터 키가 크고 바싹 마른 사나이가 기어 올라왔다. 나는 여러 번이나 스케치를 했던 이 옛 암벽 지하실이 누구네 것인지를 모르고 있었다. 이제야 그걸 알게 되었다. 저기 땅속에서 기어 나온 사람은 몬타뇰라*에 사는 노인 치오 마리오였다. 문을 닫기에 앞서 그는 나를 알아차리고, 펠트 모자에 손가락을 갖다대며 친절하게 인사했다. 테신의 나이 많은 사람들은 이웃간에 다정하고도 우아하게 예의를 지키며 교제를 하곤 했다. 뼈만 남은 그의 갈색 얼굴에는 진심 어린 미소가 피어올랐고, 정중하게 내가 하는 일에 대해 물어보았다. 그러나 가까이 다가와 도화지를 들여다보지는 않았다. 이렇게 정중한 예의범절은 한 세대 전만 해도 로망족이 사는 모든 지방에서는 당연한 일이었다. 프랑스인들

* 스위스 남부 루가노 교외에 있는 작고 아름다운 도시. 헤세는 1919년부터 이곳에서 지내며 작품을 집필하고 그림을 그렸다. 헤세가 살던 집 카사 카무치의 기념관에는 그가 쓰던 물건과 그림들이 전시되어 있으며 헤세재단 본부도 있다.

사이에서는 오늘까지도 드물지 않게 찾아볼 수 있다. 그런 예의는 이곳 나이 많은 사람들 사이에서 여전히 계속되고 있었다. 이곳 남쪽지방의 생활을 경쾌하고도 명랑하게 만드는 몇 가지 요인 중 하나였다. 간단한 인사를 나눈 뒤 내가 만일 다시 도화지 위로 몸을 굽히고 스케치를 계속했다면, 그는 더는 말을 걸지 않고 내가 하는 일을 그대로 존중해주었을 것이다. 그러나 나는 자리에서 일어나 그에게 악수를 청했다. 그리고 포도 작황에 대해, 염소들 상태에 대해 물어보았다. 우리가 지하실 가까이에 있기 때문에 그가 포도주 한 잔을 권하리라 생각했는데, 예상대로 그는 곧 기꺼이 그렇게 했다. 나는 감사의 인사를 했다. 그리고 오전에 일을 하는 동안에는 술을 마실 수 없다고 말해주었다. 대신에 그의 지하실을 한번 구경하고 싶다고 했다. 우리는 오래되어 둥그렇게 닳은 계단을 내려갔다. 내 앞에 심연의 문이 열렸다. 노인이 주위를 더듬거리더니 요술을 부리듯 촛대에 불을 붙였다. 벽돌을 아름답게 쌓아올리고 천장을 아치형으로 만든 지하실을 자랑스럽게 구경시켜주었다. 옆 벽면에는 예배당과 비슷하게 만든 벽감도 여러 개 있었다. 주요 통로는 30미터쯤 산 속으로 뚫려 있고, 양쪽 벽이 나무랄 데 없이 잘 쌓여 있었다. 그보다 훨씬 뒤쪽에서 예술적인 아치 천장이 끝났으며, 모래와 자갈로 된 통로는 훨씬 깊은 곳까지 뻗쳐 있었다. 나는 공사가 잘 된 벽과 지하실의 깊이와 서늘한 냉기를 칭찬했다. 그가 포도주를 마셔보라고 다시 한 번 권했으나 나는 응하지 않았다. 다시 조그만 촛불 빛을 받으며 우리는 천천히 되돌아 나왔다. 깊숙한 땅속에서부터 황금색의 숲속 아침 햇빛 속으로 걸어 나온 것이다. 우리는 한동안 거기 서서 이야기를 했다.

마리오는 외견상 나와는 완전히 다른 사람이다. 모르는 사람이 볼 때는 나와 정반대로 여겨질 수도 있을 것이다. 그는 농부다. 그것도 살림살이가 어려운 농부다. 옛날에 테신에 살던 가난한 농부의 아들들 대부분이 그러했듯이, 그도 미장이 일을 배웠다. 젊은 시절에는 오랜 세월 일을 찾아 킬이나 제네바, 프랑스 등 외지에 나가 살았다. 그다음에 다시 돌아와 아버지로부터 조그맣고 초라한 땅을 상속받고, 절약한 덕으로 숲을 조금 샀다. 다른 사람의 도움 없이 자기 손으로 수십 년간 조금씩 개간하여 초원과 포도원을 만들었다. 소 한 마리와 염소 네다섯 마리, 옥수수와 메밀을 심은 길쭉한 밭, 자투리 밤나무 숲과 잘 재배된 포도밭까지. 그는 기나긴 세월을 매년의 작황에 따라서 때로는 검소하게 또 때로는 보다 풍족하게 살아가고 있었다.

마리오에게 나는 '선생님'이다. 이곳에 정착하여 어떤 알 수 없는 일을 하고 있는 이방인이다. 왜냐면 스케치나 하고 수채화나 그리는 일로 먹고 살 수는 없다는 걸 그는 너무나 잘 알기 때문이다. 내가 그림을 그리며 산책을 하고 조그만 카네이션과 용담 꽃다발을 집으로 들고 간다는 것을 그는 알고 있다. 여러 해 전부터 이따금씩 이야기를 나누었지만, 그 외에는 나에 대해 아무것도 모른다. 내 생활과 내 일은 비밀이 되어 있다. 외견상 그는 단순하고도 조야한 농부라서 산책이나 하는 낯선 이방인을 악의 없는 무위도식가로 간주할 수도 있을 것이다.

그러나 이는 완전히 맞는 말이 아니다. 사실 마리오는 전혀 낯선 존재가 아니며, 사람들이 생각하는 것보다도 나와 많은 유사점을 지니고 있다. 마리오는 마을에 살고 있지만 그의 땅은 마을에서 멀리 떨어져 있다. 그는 벌써 수십 년 전에 마구간을 하나 지어놨다. 낡은 오두막엔 포도 넝쿨과 나무딸기가 타고 올라가며 자란다. 마구간 옆으로는 초록빛의 작은 골짜기에 개천이 흐르고 있다. 그 서늘한 곳에는 쉴 수 있는 조그만 장소를 마련해놓고, 벤치와 돌로 된 탁자까지 만들어놓았다. 봄이면 아카시아 꽃잎이 떨어져 내리는 곳이다. 저녁이 되면 거기서 친구와 함께든 혼자서든 파이프 담배를 피우며 포도주를 한 잔 마실 수도 있다. 그는 파이프 담배를 즐겨 피우고, 가을에는 쌀과 버섯을 잘 삶은 요리를 먹으며 훌륭한 포도주를 마신다. 이 모든 일을 그는 현명하게 절제하며 행하고 있다. 나는 이런 식으로 늙어가면서, 일하지 않는 많은 시간을 행복하게 즐길 수 있기를 희망한다. 그는 백 그램에 육십 첸테지모*하는 버지니아 담배를 피

* 이탈리아의 화폐 단위

운다. 백 그램은 언제나 정확히 일주일 분이다. 그는 더 많이 사는 법이 없다. 언제나 신선한 담배를 피우기 위해서다. 일요일과 축제일에는 보통 때와 마찬가지로 자기가 만든 포도주를 마신다. 때때로 동굴 술집에서 피에몬테 포도주를 반 리터나 일 리터쯤 마시기도 한다. 옛날에는 동년배인 동료들과 공놀이도 하곤 했다. 그는 훌륭한 선수였다. 그러나 지금은 이런 것들도 다 그만두었다.

조용하지만 축제와도 같은 인생의 향락에 대한 욕망과 함께, 그의 재주와 취미가 고갈된 것은 결코 아니다. 마리오는 아주 오래전부터 보수파 마을 음악협회(진보파 음악협회도 하나 있다) '필하모니'에서 호른을 불었다. 취주악과 시골 축제에 대해 이 마을에서 그보다 더 잘 아는 사람은 아무도 없다. 내가 그를 특히 좋아하는 또 한 가지 이유가 있다! 삼십 년 전 혹은 더 오래전에 자기 손으로 직접 건축한 낡은 마구간을 올해 새로 단장하고 석회 칠을 했다. 그는 벽을 겉칠하는 것만으로 만족하지 않았다. 이웃 마을에서 화가인 페트리니를 초청하여 마구간 문 위에 아름다운 그림을, 베들레헴 마구간의 성스런 가족을 그려달라고 했다. 숲에서 내려오면서 마리오의 오두막집에 가까워지면 복숭아나무 가지 사이로 담에 그려진 아름다운 그림이 반짝이는 것을 볼 수 있다. 부드럽고도 밝은 마돈나와 고요한 갈색의 요셉, 성스런 아기와 구유 곁에 서 있는 다정한 동물들 그림이다.

마리오가 내 인생을 정확히 상상할 수 없다고 할지라도, 또 나 자신이 그의 고된 막일과 절약과 검소함으로 가득 찬 인생을 그저 피상적으로만 상상할 수 있다 할지라도 그는 내가 자기의 심오한 취미와 즐거움을 잘 이해하고 있다고 생각한다. 그리고 그 점에 있어서는 우리 두 늙은이가 아주 비슷하다는 점을 느끼고 있다. 일주일간 피우는 백 그램의 버지니아 담배, 훌륭한 버섯 요리를 먹은 다음 고독하고 은밀한 숲속에서의 만남, 저녁 시간에 졸졸 흐르는 조그만 개천가 나무 아래 놓인 돌 탁자 앞에 앉아 있는 것, 일요일의 마을 음악 모임에서 트럼펫을 불어대는 것, 그리고 파랗게 우거진 담 위에 그려진 새롭고도 아름다운 빛깔의 마돈나 그림을 바라보는 기쁨. 이 모든 것들을 나는 수많은 '선생님'이란 사람들의 인생이나 즐거움을 이해하는 것보다 훨씬 잘 이해하고 있었다.

"그래요, 선생님." 마리오가 내게 말했다. "산다는 게 참으로 힘들지요. 누구에게나 쉽지가 않지요. 그렇지만 보십시오. 저녁에 포도주 한 잔 마시고 일요일에 약간의 오락과 음악을 즐긴다면 인생만사 다 잘되어 간답니다."

우리는 악수를 했다. 그리고 나는 스케치로 다시 몸을 굽혔다. 실패작이 된다 하더라도 마리오의 지하실 문이 그려진 이 그림은 내게 아주 즐거운 기념품이 될 것이다. —1928

Hütte mit Palmen.
종려나무가 있는 오두막집.
1922년.

시골로의 귀향

Rückkehr aufs Land

천만다행스럽게도 나는 도시를 빠져나왔다. 짐 꾸리기와 여행하는 일을 끝내고, 여섯 달 동안 비웠던 집으로 다시 돌아왔다. 고트하르트를 지나서 다시 기차를 타고 오는 것이 즐거웠다. 이 길로 기차를 타고 다닌 것도 백 번이 넘었을 테지만, 여전히 이 여행을 즐기고 있다. 괴쉐넨에서 다시 한 번 눈이 펑펑 쏟아지는 것을 보고, 아이롤로에서는 눈과 작별을 하고, 파이도에서 처음 피는 초원의 꽃들을 구경하고, 기오르니코 앞에서 맨 처음으로 꽃이 피는 살구나무와 배나무를 바라보는 일은 정말 아름다웠다.

루가노에 도착한 뒤로는 물론 즐겁지가 못했다. 오래전부터 부활절 즈음이면 타지방 사람들이 메뚜기 떼처럼 무리 지어 몰려온다. 이곳처럼 지구상의 인구과잉 현상을 실감나게 하는 곳은 없다. 이 작은 루가노의 주민 사분의 일은 베를린에서, 오분의 일은 취리히에서 그리고 오분의 일은 프랑크푸르트와 슈투트가르트에서 온 사람들이다. 1평방미터에 약 열 사람이 살고 있다. 매일매일 많은 사람들이 질식당하고 있지만 인구는 결코 줄지 않는다. 아니, 오히려 도착하는 급행열차마다 오백 내지 천 명의 새로운 손님을 실어오고 있다. 그들은 매력적인 사람들이며 아주 작은 것으로도 만족한다. 욕조만 한 곳에서 세 명씩 잠을 자거나 사과나무 가지 위에서 잠을 자면서도 감동하는 마음으로 도로의 먼지를 들이마신다. 창백한 얼굴에 커다란 안경 너머로 꽃 피는 초원을 감사하며 바라본다. 그들 때문에 지금은 이 초원에 가시철망이 둘러쳐져 있다.

몇 년 전만 해도 여기에는 자유롭고도 다정하게 햇빛이 비치는 조그마한 오솔길이 나 있었다. 타지에서 몰려온 이방인들은 훌륭한 교육을 받고, 감사할 줄도 알며, 한없이 겸손할 줄도 안다. 간혹 자동차끼리 부딪쳐도 아무런 불평도 하지 않는다. 물론 헛된 노력이지만 아직 비어 있는 잠자리를 찾으려고 하루 종일 이 마을에서 저 마을로 방황한다. 그들은 이미 오래전에 사라진 테신 지방의 전통 복장을 입은 술집 종업원들에게 감탄하고 사진을 찍으며, 이탈리아어로 말을 걸어 보기도 한다. 모든 것을 매력적이고 황홀하게 여기는 자신들이, 중부유럽에 드물게 남아 있는 천국 같은 지방 하나를 매년 급속히 베를린의 외곽도시처럼 변화시키고 있다는 사실을 전혀 알아차리지 못한다. 해마다 자동차는 증가하고 호텔은 만원이다. 마음씨 착한 늙은 농부까지도 자신의 초원을 짓밟아놓는 관광객 홍수에 대비해 가시철망으로 저항한다. 그러나 초원은, 아름답고 고요한 산림은 하나하나 사라져가며, 건축 현장이 되어 울타리가 둘러쳐진다. 돈과 산업, 기술과 현대정신이 얼마 전까지만 해도 매혹적이던 이곳 풍경을 오래전에 점령해버렸으며, 이 풍경의 오랜 친구요 정통파이며 발견자인 우리들은 담벼락으로 밀려 뿌리째 뽑혀버리는 번거로운 구식 물건이 되어버린다. 우리들 중 마지막 사람은 테신의 마지막 고목인 밤나무가 건축투기업자의 위임으로 벌목되기 전날 그 나무에 목을 매 죽을 것이다.

물론 당분간은 보호를 받을 수 있을 것이다. 첫째로 이 지방에는 아직도 장티푸스가 발생하는 몇몇 지역이 있고(지난해에도 테신 마을의 친구 부부가 장티푸스로 죽었다), 둘째로 루가노 풍경은 사월에 가장 아름다우며(이때는 대개 장마철이다), 여름에는 무더위 때문에 견딜 수 없을 정도라는 속설이 아직 전해지고 있기 때문이다. 그래서 아름다운 무더위와 함께 여름이 우리에게 우선 허락되고 있으며, 우리는 그 여름을 즐거워한다. 그러나 지금과 같은 봄철에는 한 눈을, 때로는 두 눈까지 감아주고, 대문을 단단히 잠그고는 닫힌 덧문 뒤에서 검은 인간 행렬을 바라본다. 그들은 끝이 없는 장사진을 이루며 매일매일 우리 마을 곳곳을 지나간다. 옛날에는 정말 아름다웠던 몇몇 풍경 앞에 감동적인 군중예배를 올린다.

이 지구는 완전히 만원이 되었다! 눈길이 가는 곳마다 새로운 집과 새로운 호텔과 새로운 정거장이 들어선다. 모든 것은 점점 대형화되고, 도처에서 집을 한 층씩 더 올려 짓고 있다. 이 지구상에서 한 시간만이라도 인간들 무리와 부딪치지 않고 산책한다는 것은 불가능한 일처럼 보인다. 고비사막에서도 그렇고 투르케스탄*에서도 그렇다.

아, 보잘것없는 내 생활에서도, 이 협소한 홀아비 가정생활에서도 그렇다. 모든 것이 가득 차 있고, 점점 더 많아지며, 아무 곳에도 빈자리가 없다! 벽에도 이미 오래전에 그림을 잔뜩 걸어놓았고, 더 이상 그림 한 장 붙일 자리가 없다. 서가도 삐걱거리고 비스듬히 기울어졌는데, 책들이 두 줄로 과중하게 꽂혀 있기 때문이다. 게다가 자꾸만 새로운 책들이 날아온다. 서재는 소포들로 가득 찬다. 그 사이로 나는 크게 발을 떼면서 조심스럽게

* '터키인의 땅'을 뜻하는 이란어로, 파미르고원을 중심으로 한 좁은 중앙아시아 지역.

길을 찾아야만 한다. 그런데 신기한 점은 몇몇 잡동사니 같은 소포가 온 다음에는 언제나 명중탄이 날아오며, 훌륭한 책들은 결코 명맥이 끊기지 않는다는 점이다. 새로운 책을 더 이상 읽지 않겠다는 내 결심은, 번번이 출판업자들이 보내온 놀랄 만한 책들로 인해 뒤집어지고 만다. 그래서 몇백 권의 책들을 치워버린 지금도 내가 좋아하고 곁에 두고 싶은 경탄할 만한 책들이 많이 남아 있다. 그리고 나는 그것들을 삐걱거리는 서가에다 꽂아놓게 된다.

내가 외딴 곳에 틀어박혀서 이 값진 책들을 읽고 있는 동안, 밖에서는 앵초와 아네모네가 만발하고 이방인들의 검은 무리가 들판으로 몰려온다. 부활절 때 루가노를 여행하는 것이 오늘날 유행이기 때문이다. 십년 후에는 멕시코나 온두라스로 몰려갈 것이다. 아름다운 시와 이야기를 읽고 배우는 것이 유행이라면, 그들은 앞서 언급한 책들로 돌진하듯 달려들 것이다. 그러나 그런 일은 내게 맡기고 있기에, 나는 수백만의 사람들을 대신하는 독자로서 기능하고 있다. 그 대신 여름이 되어 악평이 자자한 무더위가 이곳에 찾아들면, 나는 우리의 자그마한 산림과 초원의 오솔길 위에 다시 공간을 소유하고, 산책하며 숨을 쉴 수 있을 것이다. 그때면 이방인들은 베를린의 집안이나 높은 산악지대, 혹은 알지 못할 그 어느 곳으로든 떠나가 있을 것이다. 어디에 가든 그들은 언제나 자기와 똑같은 사람들과 마지막 남은 빈 잠자리를 차지하려 싸워야 하고, 그들 자신의 자동차 먼지 속에서 기침을 하며 눈을 깜박거려야만 할 것이다. 참으로 이상한 세상이다! —1928

Interieur mit Büchern.
책들이 있는 실내 장식.
수채화, 1921년.

Tessiner Dorf mit Sonnenblumen.
해바라기가 피어 있는 테신의 마을.
1927년 9월.

늦여름 꽃들

Spätsommerblumen

점차 기울어져가는 여름, 이 계절에는 대기 중에 독자적으로 밝고 맑은 빛이 깃들어 있다. 화가들이 '회화적'이란 말을 쉽게 그릴 수 있다는 뜻으로 풀이하지 않는다면, 나는 이런 빛을 '회화적'이라 말하고 싶다. 그러나 이런 빛을 그리기란 대단히 어렵다. 그러면서도 붓으로 이를 제어하고 예찬하고 싶은 욕망을 무한히 느끼게 된다. 사람이 쓰는 색깔은 결코 이처럼 깊고 마술적인 빛의 세기, 주옥과도 같은 색감을 가지지 못하고, 그림자가 엷어지지 않으면서도 결코 이렇게 보드라운 색채를 띠지 못하기 때문이다. 아직 본격적이진 않지만 모든 것들에 가을 색감이 약간 스며있는 식물들의 이처럼 아름다운 빛깔도 마찬가지다. 지금 정원에는 일 년 중 가장 찬란한 빛깔을 발하는 꽃들이 피어 있다. 여기저기에 아직도 빨갛게 석류꽃이 피어 있다. 또 달리아와 철쭉, 모란과 백일홍, 그리고 매력적인 산호색의 푸크시아가 피어 있다.

한여름과 초가을 빛깔의 정수는 백일홍이다! 나는 요즈음 언제나 이 꽃을 방안에 꽂아놓고 있다. 다행스럽게도 백일홍은 상당히 오래간다. 백일홍 다발이 처음 싱싱할 때부터 시들어버릴 때까지 변화하는 과정을 나는 비할 데 없는 행복감과 호기심으로 지켜본다. 꽃의 세계에서 색색깔의 싱싱한 백일홍 한 다발보다 더 빛나고 더 건강한 것은 없다. 그것은 빛의 폭음을 터트리고, 색깔의 환호성을 울린다. 요염한 노랑과 오렌지색, 가장 밝게 웃는 빨강과 경이로운 적자색 등이다. 이것들은 가끔 순진한 시골 처녀들의 리본과 일요일의 제복 색깔처럼 보일 수도 있다. 우리는 이 격렬한 색깔들을 나란히 꽂아놓고 마음대로 섞을 수도 있다. 이들은 언제나 황홀하게 아름답고 언제나 격렬하게 광채를 발할 뿐만 아니라 서로를 받아들여서 어울리고 고무하며 승화시킨다.

내가 새로운 이야기를 하는 것은 아니다. 내가 백일홍의 아름다움을 발견한 사람이라고 자부하는 것도 아니다. 이 꽃들이 오래전부터 아주 쾌적하고 안일한 감정을 안겨주기 때문에, 이 꽃에 반한 마음만을 여기에서 이야기하는 것이다. 약간 사그러들었을지는 모르지만 결코 연약하지 않은 연모의 정은, 특히 이 꽃이 시들어가는 과정에서 불타고 있다! 화병에서 천천히 색이 바래며 죽어가는 백일홍을 보면서 나는 죽음의 무도회를, 반쯤은 슬프고 반쯤은 짜릿한 무상함을 체험한다. 왜냐하면 가장 무상한 것이 바로 가장 아름다운 것이며, 죽는다는 것 자체가 너무나도 아름답고 사랑스러울 수 있기 때문이다.

친구여, 여드레나 열흘쯤 된 백일홍 다발을 한번 관찰해보라! 그리고 그 후에도 여러 날 동안 계속 퇴색해가면서도 여전히 아름답다는 것을 들여다보고, 하루에 몇 번씩 아주 자세히 그 꽃을 관찰해보라! 그러면 싱싱했을 때엔 야하고 도취적인 빛깔의 이 꽃들이 아주 섬세하고 지친 듯, 정겨운 색깔로 퇴조한다는 것을 알게 되리라. 그저께의 오렌지색은 오늘엔 노란색이 되고, 모레쯤에는 엷은 청동색이 덮인 회색이 될 것이다. 시골풍의 즐거운 청적색은 그림자의 대립인 것처럼 서서히 담청색으로 뒤덮이며, 시들어가는 가장자리 꽃잎들은 여기저기에서 보드라운 주름을 지으며 꾸부러져 들어갈 것이다. 그러고는 완전히 색이 바란 증조할머니 명주옷이나 흐릿해진 옛날 수채화에서나 볼 수 있는 퇴색한 흰색, 즉 형언할 수 없을 정도로 감상적이며 슬픔에 빠진 붉은 회색을 보여줄 것이다.

친구여, 이 꽃잎의 아랫부분을 자세히, 주의해서 보라! 줄기를 꺾을 때 가끔 분명히 보이기도 하는 그림자 쪽에서 색깔 변화의 유희가 완성된다. 꽃봉오리 자체보다도 줄기의 변화 과정에서 정신적인 것으로의 승화, 즉 죽음의 과정이 더욱 향내를 풍기며 더욱 놀랍게 완성된다. 여기에는 보통 꽃의 세계에서 발견할 수 없는 잃어버린 빛깔들이 꿈을 꾸고 있다. 높은 산의 바위나 이끼, 해초의 세계에서나 볼 수 있는 금속성이고 광물적인 색조다. 희귀한 회색과 녹회색과 청동색의 변조가 꿈꾸는 모습을 보게 될 것이다.

그대는 이런 것들을 소중하게 생각하리라. 마치 고귀한 포도주의 특별한 향기라든가, 복숭아 껍질이나 사랑하는 여인의 피부에 돋아난 솜털을 고귀하게 여기는 것처럼 말이다. 그럼 내가 어느 권투 선수보다 세련된 감각과 영혼이 깃든 체험을 한다고 해서 그대에게 감상적 낭만주의자라는 비웃음을 사지는 않을 것이다. 내가 시들어 죽어가는 백일홍의 색깔에 열광하든 슈티프터의 들꽃에 나부끼는 자비로운 빛깔에 열광하든 말이다.

그러나 친구여, 우리 같은 사람은 얼마 없으며, 우리 같은 성품은 완전히 사라질 위험에 처해 있다. 한번 시도해보라. 축음기를 사용하는 데서 음악성을 찾고, 랙칠이 잘된 자동차를 아름다움의 세계로 착각하는 현대 미국인에게—그런 일에 쉬이 만족하는 야만인에게—시험 삼아 미술 강의를 한번 해보라. 꽃이 죽어가는 것, 장미색이 밝은 회색으로 변해가는 과정을 가장 생생하고 자극적으로, 모든 생명과 모든 아름다움의 비밀로 함께 체험하도록 강의해보라! 그러면 그대는 깜짝 놀라고 말 것이다.

—1928

뮌헨에서의 그림 구경

Bilderbeschauen in München

나는 미술과 수많은 관계를 맺고 있긴 하지만, 대도시 사람들이 보통 그러는 것처럼 미술을 전적으로 신봉하지는 않는다. 그들에게 미술은 모든 예술품보다 더 귀중한 어떤 것, 즉 자연을 대신할 수 있어야만 한다. 대도시 사람은 자연을 알게 될 기회가 거의 없다. 많은 사람들은 나무나 꽃이나 새들 종류보다 온갖 자동차 종류를 훨씬 쉽고 아주 확실하게 구별해내고 있다. 도시 사람은 남쪽 나라로 가거나 바다나 산 근처에 산다 해도 자연과 제대로 관계를 맺지 못한다. 맑은 공기를 호흡하고 잠시 푸른 초원이나 파란 바다로 눈길을 돌리지만, 그에게 익숙한 '자연 없는 상태'에서 완전히 벗어나지 못한다. 언제나 문명의 방어벽이 있다. 호텔과 살롱, 나무 의자와 축음기, 자동차(널리 유행하는 자동차 여행으로는 어디든 제대로 구경할 수가 없다) 등으로 벽을 쳐놓는다. 그 결과 감수성이 강하거나 미美를 갈망하는 도시인들 중 모든 아름다움의 첫 번째 원천인 자연을 제대로 알지 못하고, 그 대신 두 번째 원천인 미술품을 알고 향유하는 데 놀랄 정도로 정교한 수준에 이르곤 하는 예가 자주 있다. 예를 들면 저녁 황혼이나 해변을 바라보고는, 이건 거의 클로드 로랭*과 같아! 아니면 완전히 르누아르 같아!라고 황홀한 감탄의 소리를 외치는 사람들이 이런 부류에 속한다. 미술 작가든 수집가든 아니면 다른 무엇이든 간에, 아주 훌륭한 그림 전문가들이 모두 이 유형에 속한다. 그러나 진정한 미술가들은, 진정 훌륭한 전문가라 할지라도 결코 이런 인간 유형에 속하지 않는다. 불굴의 미술가들의 가장 중요한 특징이 있다. 언제나 자연에 대한 무조건적인 사랑을 가진다. 자연은 결코 미술의 대용품이 아니며 모든 예술의 원천이자 어머니라는 무의식적이고도 강한 의식을 지니고 있다.

* 로랭(1600~1682). 프랑스의 화가이자 판화가. 로마유적을 담은 풍경화가 많으며, 17세기 프랑스 회화를 대표한다. 주요 작품으로 <시바여왕의 승선>, <클레오파트라의 상륙> 등이 있다.

나는 오랫동안 미술 없이도 살아갈 수 있다. 사람들이 파리의 신인 화가에 대해 수없이 떠들어댄다 할지라도, 우연히 그 화가의 작품을 알게 될 때까지 초조해하지 않고 기다릴 것이다. 그리고 이런저런 유명한 미술작품을 보지 못했다고 해서 그걸 유감으로 여기지도 않을 것이다. 몇 개의 조각품이나 미술품 때문에 런던이나 베를린으로 여행을 가겠다는 생각도 결코 하지 않으리라. 내 주위에는 언제나 무진하게 관찰할 수 있는 하나의 세계가 있다. 의식이 뚜렷한 시간이면 어린 밤나무 잎 하나하나, 머리 위에 떠 있는 구름 하나하나가 이 세상 모든 화랑과 마찬가지로 내게 똑같이 사랑스럽고 똑같이 중요하며, 똑같이 매혹적이고 교훈적이다.

그러면서도 나는 미술품에, 이를테면 그림들에 반하기도 한다. 이런 종류의 아름다운 작품을 구경할 기회가 있으면 나는 그에 감사를 느낀다. 그러나 무엇보다도 내가 좋아하는 그림들을 다시 보기를 좋아한다. 여러 해가 지난 다음에 언제고 다시 베니스에서 티치아노*의 그림을, 밀라노에서 사랑스런 파리스

* 티치아노(1488?~1576). 이탈리아의 화가로 피렌체파의 조각적인 형태주의에 대해 베네치아파의 회화적인 색채주의를 확립했다. 주요 작품으로 <천상과 세속의 사랑>, <성모 승천>, <개를 데리고 있는 입상> 등이 있다.

보르도네*의 그림을, 아니면 빈터투르의 라인하르트 집에서 르누아르와 같은 사람의 그림을 본다는 것은 내게 지고한 행복을 느끼게 한다.

최근 뮌헨을 여행했을 때, 이러한 기쁨을 몇 가지 맛보게 되리란 점을 미리 알고 있었다. 여러 해 동안 뮌헨을 가보지 못했다. 사람들은 예술도시로서의 뮌헨의 몰락과 그곳을 지배하는 믿을 수 없는 정치적 성향에 대해 떠들어대고 있었다. 그러나 이런 일에 대해 나는 아무런 의무감도 느끼지 않았다. 뮌헨에 사는 친구 몇 명은 아직 그대로 살아있을 것이고, 님펜부르크 정원**에서는 백조들이 헤엄치고 있을 것이며, 어느 조촐한 술집에서는 다시금 맛 좋은 모젤 포도주를 내놓을 것이다. 이 모든 기분 좋은 것들과 마찬가지로 오래전부터 내가 좋아하는 몇 개의 그림도 아직 거기 그대로 있을 테니, 나는 그걸 기대할 수 있었다. 사실 또한 그러했다. 그림은 물론 그림같이 아름다운 뮌헨의 공기도 변하지 않았다. 예술도시의 몰락에 관해서는 제대로 파악하지 못했다. 그것은 오늘날의 화가가 이런 공기와 저 훌륭

* 보르도네(1500~1571). 이탈리아의 화가. 초상화·종교화·신화화에 뛰어난 작품을 남겼으며, 1538년부터 삼 년간 프랑스에 체재하면서 왕후와 귀족들의 초상을 그렸다. 주요 작품으로 <율법학자들에 둘러싸인 그리스도>, <디아나와 두 요정>, <그리스도의 세례>, <비너스와 플로라> 등이 있다.

** 독일 뮌헨 교외에 세워진 궁에 있는 큰 정원.

하고 오래된 그림 가까이에서 오십년 전과 같이 그림을 그릴 수 없다고 하는 것과도 같다.

내가 처음 구경하게 된 아름다운 그림은 옛것이 아닌, 완전히 새로운 것이었다. 그것은 나의 옛 친구요 술친구였던 울라프 굴브란손*의 스케치였다. 뾰족한 연필 끝으로 그린 이 어린아이들 초상화는 다정한 그 사나이의 다른 훌륭한 회화들과 똑 닮은 데다 신비로울 정도로 장식적이었다. 나는 뮌헨에서, 즉 울라프가 있는 도시에서 며칠을 지내면서도 그를 만나지 말아야 한다는 것이 몹시 마음 아팠다. 옛 친구 울라프여, 나를 나쁘게 생각하지 말게. 이번에는 어쩔 수 없어. 난 자네를 약간 두려워하고 있거든. 생각해보게, 자네는 건장한 사나이야. 그러나 난 연약하고 병약한 인간이야. 만일 내가 전화를 걸어 술집으로 나오라 하고, 포도주 반 리터쯤 마시고 열한시 경에 가려고 한다면, 자넨 화가 나서 그 억센 팔로 나를 자동차에 태워가지고는 자네 집으로 데리고 가겠지. 그리고 위스키처럼 독한 술을 권할 거야. 다음날 자네는 다시 아름다운 스케치를 하겠지만, 나는 죽어가는 상태로 누워 있을 걸세. 난 그러고 싶지 않아. 뮌헨을 다시 보고 싶어. 게다가 몇 가지 그림들도 구경하고 싶어. 그

* 굴브란손(1873~1958). 노르웨이의 화가이자 디자이너.

러니까 자네와의 재회를 기분에서가 아니라, 알트도르퍼*와 뒤러, 렘브란트**와 세잔***과 마레스****를 위해 희생시키는 거야.

나는 두 번이나 오전 시간을 고대 미술관에서 보냈다. 옛날에 좋아하던 그림을 다시 발견했을 뿐만 아니라 새로운 소득도 얻게 되었다. 한참 동안 첫 번째 홀에 있는 독일과 네덜란드의 옛날 화가들 작품을 구경하며, 디르크 바우츠*****에 황홀해하고, 바르톨로메우스 제단에 감탄했다. 다음으로 뒤러관에서는 약간 우울한 마음이 들었다. 왜냐하면 뒤러는 만족스러울 정도로 마음에 들지는 않았으며, 그 길고도 멍청한 고수머리를 한 자화상도 늘 기분에 거슬렸기 때문이다. 그러나 다른 면에서, 그

* 알트도르퍼(1480?~1538). 독일 르네상스 시대의 화가. 낭만주의적 심상이 흐르는 풍경화를 그리고 독일의 숲과 산에 대해 애정을 쏟았다. 주요 작품으로 <알렉산더 대왕의 전투>, <아르벨라의 싸움>, <도나우 풍경> 등이 있다.
** 렘브란트(1606~1669). 네덜란드의 화가. 종교적 소재나 자화상을 많이 그렸다. 주요 작품으로 <툴프 박사의 해부학 강의>, <엠마오의 그리스도> 등이 있다.
*** 세잔(1839~1906). 프랑스의 화가로 근대 회화의 아버지로 불린다. 주요 작품으로 <목맨 사람의 집>, <에스타크>, <목욕하는 여인들> 등이 있다.
**** 마레스(1837~1887). 독일의 화가. 신화적 제재에 의한 상징주의적 작풍을 구사하고 우의적인 나상裸像을 즐겨 그렸다. 주요 작품으로 <헤스페리데스>, <디아나의 목욕>, <약혼> 등이 있다.
***** 바우츠(1400?~1475). 15세기의 북 네덜란드 출신 화가. 그러나 네덜란드를 떠나 플란다스라는 이름으로 미술사를 장식했다.

의 스케치와 몇몇 동판화에서는 뒤러를 상당히 존경했기 때문에 그의 작품들을 관람해야 한다는 의무감을 느꼈다. 그런데 뜻밖의 일이 일어났다. 그의 자화상이 옛날과 똑같이 나를 바라보고 나는 조금도 호감이 들지 않았던 한편 갑자기 네 명의 사도使徒 그림이 내 눈과 마음을 사로잡았다. 경이로울 정도로 회화적으로 그려졌으며, 사도들의 얼굴과 손과 옷이 꽃처럼 피어나고 음악처럼 노래를 했기 때문이다. 내가 억지로라도 뒤러관을 관람한 것이 얼마나 잘한 일인가! 약간이나마 미美와 사랑으로 풍부해져서 나는 계속 걸어갔다. 이제는 주저하지 않고 의무라고 생각지도 않으면서, 아주 아름다운 그림이 걸려있는 홀을 못 본 체하며 지나쳤다. 마음을 따라 알트도르퍼 그림이 걸려 있는 자그마한 옆방으로 달려갔다. 거기에 <알렉산더 대왕의 전투>라는 그림이 걸려 있었다. 독일 회화 중 가장 주목할 만하고 가장 신비에 찬 작품이라고 생각한다. 수만 명의 작은 인물이 그려진 이 그림은 독일 특유의 정확함과 완강함과 꼼꼼함을 내포하고 있으며, 동시에 그림 속의 모든 것은 어떤 프랑스인이나 중국인도 능가할 수 없을 만큼 형언할 수 없을 정도로 자제되었고, 우아함과 고요한 색채의 마술로 뒤덮여 있다. 그 그림을 보는 관점에 따라 우리는 이렇게 생각할 수도 있다. "맙소사, 그 착한 알트도르퍼는 이 거대한 작업을 위해 수없이 많은 세월을 부지런히 일하며 보냈을 거야!" 아니면 다음 순간에는 이렇게 느낄 수도 있다.

"맙소사, 이 거대한 그림은 단 하루만에 그려졌어. 이건 절대적으로 하나가 되어 있으니까. 이 수많은 인물들 위에는 순간적이며 일회적인 빛의 마술이 유희하고 있단 말이야!" 나는 거기에 오랫동안 서서 눈을 호강시켜주었다. 그리고 바로 옆에는 내가 좋아하는 그림인 알트도르퍼의 조그마한 초록빛 산림풍경화가 걸려 있었다. 조화롭게 움직이는 나뭇가지와 모든 초록빛 위에 금빛 색조가 보드랍고 달콤하게 깃들인 이 작은 그림에서, 나는 온 세상의 원시림과 초록빛 은신처를 느꼈다.

하나하나를 계속해서 언급하자면 끝이 없으리라. 테마가 무진장하기 때문이다. 나는 새로 지은 국립화랑에도 가 보았다. 여타의 화랑들과는 다른 생각에서 건립된 곳이다. 화랑이란 대체로 국수주의적인 성격을 지닌다. 지구상의 다른 어떤 민족도 바로 여기 이 민족처럼 그림을 그리지 못한다거나, 그런 그림을 사들일 수 없다는 점을 조금이나마 보여주고자 한다. 그러나 뮌헨 화랑에는 반대의 원칙이, 즉 놀라울 정도의 겸손과 솔직함의 원칙이 지배하고 있다. 여기 화랑 창조자에게 주어진 임무는 수십 년간 독일, 특히 뮌헨의 미술이 그전 20년 동안의 독일 미술과 비교할 때 뿐만 아니라 동시대의 프랑스 미술과 비교할 때 견딜 수 없을 정도로 황량하고 형편없다는 점을 분명히 보여주어야 한다는 것이었다. 이 임무는 천재적으로 완수되었다. 전시장은 마음 내키는 대로 이 홀이나 저 홀에서 시작할 수 있는 것이 아니라, 훌륭하게 쓰여진 논설을 읽어가듯 진열된 것을 강제적으로 따라가도록 설치되었다. 일단 들어서면 가장 훌륭한 독일 미술의 한 중간에 서서, 마레스와 슈크와 라이블의 작품, 한스 토마와 트뤼브너의 초기작 등을 구경하게 된다. 거의 모든 그림이 보석과도 같다. 그러나 그다음에는 독일, 특히 뮌헨 예술의 몰락을 통한 놀랄 만한 시대상의 축도가 전개된다. 이곳의 거대한 홀에는 추악하고 형편없는 그림들(몇 가지는 꽤 훌륭한 것도 있지만, 높은 수준의 것은 하나도 없다), 빌헬름 2세의 시대와 그 정신 상태를 나타낸 공허하고 커다란 그림들, 탐욕스럽게 크기만 하고 질적으로 형편없는 장식적인 작품들이 걸려 있다. 보라, 그다음에는 이 고통도 지나간다. 숨가쁘게 이 홀들의 마지막에 도착하면, 속상하고 실망한 채 밖으로 나가지 않아도 된다. 진정한 미술이 무엇인가를 보여주는 조그마한 홀이 있기 때문이다. 프랑스 화가들의 홀이다. 거기에 내가 좋아하는 그림 두 개가 걸려 있다. 세잔의 <언덕을 절단한 철도>와 마네*의 <돛대 없는 작은 배>다. 그리고 다시 놀라운 일이 일어난다. 이 엄선된 보석들이 걸린 프랑스 화가들 홀을 나와서 약간의 위안도 없이 집으로 돌아가게 되지는 않는다. 완전히 일류는 아니지만 엄선된

* 마네(1832~1883). 프랑스의 화가로 인상주의의 아버지로 불린다. 주요 작품으로 <풀밭 위의 점심>, <올랭피아> 등이 있다.

몇몇 현대 미술품을 관람하게 된다. 이는 저 커다란 홀에 있는 유겐트 양식*과 현혹적인 장식이 철저하게 파산적이라는 점과, 독일에서까지도 오늘날의 미술은 다른 길을 가고 있다는 점을 보여준다. 이 위안의 홀에 있는 그림들 중에도 내가 좋아하는 것이 있는데, 그것은 바로 신선하고도 돌풍이 일어나는 기분을 자아내는 코코슈카**의 <베니스>란 그림이다. 이 홀까지 보고는 누그러진 마음으로 화랑을 떠난다. 악의가 아니라 위트가 있기에, 우리는 몸을 굽혔다가 다시 일으키게 된다. 이 국립화랑은 훌륭한, 아주 훌륭한 곳이다.

이러한 그림들을 다시 관람할 수 있어서 뮌헨 여행이 만족스러웠다. 그 당시에 카를 발렌틴이 연주를 하지 않았기 때문에 나는 뮌헨을 떠날 수가 있었다. 그러나 어떤 중요한 것을 잃어버렸다는 감정은 없었다. —1929

* 19세기 말에서 20세기 초에 걸쳐 독일에서 일어난 예술양식으로 궁선弓線이 특징이며 공예, 미술 등에서 행해졌다. 뮌헨에서 발간된 『유겐트』라는 잡지의 이름에서 유래했다.

** 코코슈카(1886~1980). 오스트리아의 표현주의 화가이자 극작가로 심리적 초상화에 뛰어났다. 주요 작품으로 <폭풍우>, <빨간 달걀>, <로렐라이> 등이 있고 표현주의적 기법으로 집필한 희곡 『살인자, 여인들의 희망』이 있다.

Casa Camuzzi.
카무치 별장.
1930년.

침대 속에서의 독서

Lektüre im Bett

한 호텔에 서너 주일 이상 머물 경우, 우리는 어떤 식으로든 한 번쯤 방해를 받으리란 점을 예상해야만 한다. 그 호텔에서 결혼식이 거행될지도 모른다. 그러면 음악과 노랫소리가 하루 종일 그리고 밤새도록 계속되고, 다음 날 아침에야 복도에 늘어선 감동적인 취객 무리와 더불어 결혼식이 끝나게 된다. 혹은 당신의 왼쪽 방에 투숙한 이웃이 가스로 자살 시도를 하고, 그 공기가 당신에게로까지 스며들어올지 모른다. 아니면 보다 점잖게 권총 자살을 할지도 모르는데, 그것도 호텔 손님들이 옆방 사람들에게 조용히 해주기를 기대하는 대낮에 일어날 것이다. 때로는 수도관이 터져서 당신은 물속을 수영하여 목숨을 구해야 할지도 모른다. 또 어느 날 아침에는 당신의 방 창문 앞에 사다리가 걸쳐지고, 지붕을 갈아엎도록 지시받은 일꾼들이 기어오를지도 모른다.

벌써 삼 주 동안이나 나는 아무런 방해도 받지 않은 채 바덴에 있는 낡은 하일리겐호프 여관에 머물러 있었다. 그래서 곧 어떤 일로든 방해를 받게 되리라고 예상할 수 있었다. 이번 일은 대단치 않은 방해였다. 난방장치가 고장나서 하루 동안 벌벌 떨어야만 했다. 나는 오전을 영웅적으로 견뎌냈다. 처음에는 약간의 산책을 했고, 다음에는 따스한 침실용 외투를 입고 일을 하기 시작했다. 증기히터의 차가운 철관이 고롱고롱 울리거나 삑삑 소리를 내며 다시 깨어난 듯 생명의 신호를 보내면 그때마다 즐거운 기분이었다. 그러나 사정은 그렇게 빨리 해결되지 않았다. 오후가 지나면서 손과 발이 차가워지자 나는 풀이 죽어 포기해버리고 말았다. 나는 옷을 벗고 침대 속으로 기어들어갔다. 대낮에 베개를 베고 누움으로써 사물의 질서가 깨지고 일종의 망나니짓이 벌어진 것이다. 그래서 전에는 하지 않던 좀 다른 일을 하게 되었다. 나의 친지들이나 내 글을 비평하는 사람들은 거의 모두가 나는 원칙이 없는 남자라고 의견을 모은다. 모종의 관찰을 통해서 그리고 내 책들의 어느 구절을 통해서, 별로 날카롭지도 못한 이 사람들은 내가 분에 넘치게 자유롭고 안일한 생활을 되는 대로 영위하고 있다는 결론을 내렸다. 아침에는 오래 자리에 누워 있는 것을 즐기기 때문에, 삶이 고달플 때마다 포도주를 한 병씩 마셔대기 때문에, 또 누구의 방문도 받아들이지 않고 방문을 하지도 않기 때문에. 그런 사소한 것들을 보고서 이 신통치 못한 관찰자들은 내가 어디에서나 제멋대로 행동하고, 아무것에도 분기하지 않으며, 비도덕적이고 철학이 없는 생활을 해나가는 나약하고도 안일하며 영락해버린 인간이라는 결론을 내렸다. 그러나 그런 말을 하는 이유는 따로 있다. 내가 악습이 있음을 고백하고 또한 그것을 숨기지 않는다는 점을 불손하게 여겨 그들을 화나게 하기 때문이다. 내가 세상 사람들을 속여서(이는 아주 쉬운 일이리라) 질서정연한 시민적 품행을 보여주고자 한다면, 포도주 병에다 콜로뉴 향수 상표를 붙여 놓기라도 한다면, 방문객들에게 그들이 나를 괴롭힌다고 말하는 대신 내가 집에 없다고 거짓말을 한다면, 간단히 말해서 내가 속임수를 쓰고 거짓을 꾸며대고자 한다면, 내 명성은 최고가 될 것이고 명예박사 학위도 곧 수여받게 될 것이다.

시민적 규범이 마음에 들지 않으면 않을수록 사실 나는 그만큼 더 엄격하게 내 자신의 원칙을 지키고 있다. 나로서는 아주 훌륭하다고 생각하는 원칙이다. 어떤 비평가든 단 한 달 동안이라 해도 그 원칙을 따르진 못할 것이다. 그중 하나는 신문을 읽지 않는다는 것이다. 문필가의 오만에서라든가, 아니면 '일간신문이란 오늘의 독일인이 "문예"라고 말하는 것보다 더 형편없는 문학'이라는 잘못된 생각에서가 아니다. 그보다는 그저 정치나 스포츠나 경제 문제가 내게는 아무런 흥미를 끌지 못하기 때문이며, 또한 수년 전부터는 이 세상이 새로운 전쟁을 향해 줄달음친다는 사실을 매일매일 무기력하게 바라보는 일이 참을 수 없어졌기 때문이다.

신문을 들여다보지 않는 습관을 일 년에 몇 번, 반 시간 정도 중단할 때도 있다. 그럴 때면 나는 남몰래 몸을 떨면서 일 년에 한 번쯤 구경하는 영화관에서처럼 크나큰 감동을 맛보게 된다. 아무런 위안도 받을 길 없던 이날 나는 침대 속으로 도피했지만, 유감스럽게도 달리 독서할 것을 준비하지 못했기 때문에 두 가지 신문을 읽었다. 하나는 취리히 신문인데 사오일 정도 지난 최근 것이었다. 내 시가 하나 게재되었기 때문에 갖고 있던 것이다. 다른 신문은 일주일 정도 지난 것으로 역시 하나도 읽지 않았는데, 포장지 형식으로 내 손에 들어왔다. 나는 이 두 신문을 호기심과 긴장으로 가득 찬 채 읽었다. 물론 내가 이해할 수 있는 부분만 읽었다는 뜻이다. 내용을 서술하고 이해하는 데 특별한 언어가 요구되는 영역, 그러니까 스포츠와 정치와 경제란은 그냥 지나쳤다. 그러므로 남는 것은 토막 소식과 문예란뿐이었다. 나는 사람들이 왜 신문을 읽는지를 다시금 이해했다. 그물코처럼 얽힌 수많은 보도에 매혹되어서 아무런 책임감 없이 관망하는 일의 매력을 이해했다. 그리고 라디오 곁에 둘러앉아서 매 시간마다 새로운 뉴스를 기다리는 일 때문에 죽을 수도 없는 저 수많은 노인들과 한 시간 동안이나마 정신적 일치감을 느꼈다.

문인이란 대개가 상상력이 아주 빈약한 사람들이다. 그래서 나는 그중 누구도 창안해낼 수 없을 이 모든 뉴스에 다시금 도취하고 깜짝 놀랐다. 나의 이목을 끄는 기사들은 아마도 며칠 밤낮 동안 곰곰이 생각하게 될 것이었다. 난 여기에 보도된 뉴스 중 그저 몇 가지에만 냉담할 수 있었다. 암을 극복하기 위해 격렬히 투쟁하고 있지만 아직도 아무런 성과를 거두지 못하고 있다는 기사는, 다윈의 진화론을 근절시키기 위해 미국에서 재단이 신설되었다는 보도와 마찬가지로 별로 놀랍지 않았다. 그러나 스위스의 어느 도시에서 나온 보도를 나는 세 번이고 네 번이고 주의 깊게 읽었다. 그것은 부주의로 인해 자기 어머니를 죽인 죄로 한 젊은이가 유죄 선고를 받았는데, 그것도 백 프랑의 벌금형이라는 내용이었다. 이 불쌍한 젊은이가 자기 어머니 눈앞에서 총기를 손질하다가 총이 발사되었고, 어머니를 살해하는 불행한 일이 일어났던 것이다. 끔찍하고 슬픈 사건이지만 상상할 수 없는 것은 아니다. 신문마다 이보다 흉악하고 섬뜩한 뉴스가 얼마든지 있다. 그러나 나는 이 젊은이의 벌금형을 계산해보느라고 얼마나 많은 시간을 소모했는지 고백하기가 부끄럽다. 한 인간이 자기 어머니를 사살한다. 고의로 죽였다면 그는 살인자가 된다. 그리고 세상의 법도대로, 그는 살인에 대한 어리석음을 깨우쳐주고 다시 인간을 만들어보려는 현명한 사라스트로*에게 넘겨지는 것이 아니라, 오랜 세월 동안 감옥생활을 하게 된다. 아직도 그 훌륭한 옛날의 야만족 영주가 통치하는 지방에서는 질서를 회복하기 위해 바보스런 그의 목을 잘라버릴 것이다. 그러나 지금 이 살인자는 결코 살인자가 아니다. 그는 엄청나게도 슬픈 일을 당한 재수 없는 인간이다. 어떤 근거로, 생명의 가치나 혹은 벌금형의 교육적 역량에 대한 어떤 평가를 근거로, 재판부는 이 부주의로 인해 파멸된 생명을 백 프랑의 금전으로 산출해내는 결론에 이르렀을까? 단 한순간도 나는 재판관의 정직성이나 선한 의지를 의심하지 않았다. 나는 그가 정당한 판결을 하려고 온갖 노력을 기울였다는 점, 그리고 그의 이성적인 심사숙고와 법률의 문구 사이에서 심한 갈등에 빠졌으리라는 점을 확신한다. 그러나 이 판결에 대한 보도를 이해하면서, 아니 심지어는 만족하면서 읽을 사람이 이 세상 어디에 있겠는가?

문예란에서 나는 또 다른 기사를 찾아냈다. 유명한 내 동료에 관한 것이었다. '정통한 소식통'에 의해서 이렇게 보도되었다. 위대한 오락 소설 작가 M은 현재 S에 체류하고 있다. 그의

* 모차르트의 가극 <마술피리>에 등장하는 낮의 왕 이름. 밤 여왕의 딸을 보호하고 왕자와 함께 악의 세력을 물리쳐 두 사람의 사랑을 맺어줌.

최근 소설을 영화화하기 위한 계약을 체결하기 위해서다. 또한 M씨는 다음 작품에서 아주 중요하고 스릴 넘치는 문제를 다룰 것이다. 그런데 이 방대한 작품을 2년 안에 끝낼 수 있을 것이라고 한다. 나는 이 기사에도 오랫동안 몰두해 있었다. 그러한 예측을 할 수 있으려면, 이 친구는 얼마나 성실하게 얼마나 열심히 매일 작업을 해야만 하겠는가! 무슨 이유로 그런 예측을 할까? 작업하는 동안에 보다 시급한 다른 문제가 그를 사로잡고, 다른 일을 하도록 강요할 수도 있지 않을까? 타자기가 고장 나거나, 비서가 병날 수도 있지 않을까? 대체 이런 예측이 누구에게 이롭단 말인가? 만약 이 년이 지나서 그가 아직 끝내지 못했다고 고백한다면, 어떻게 할 것인가? 그의 소설을 영화화한 것이 흥행하여 많은 돈을 벌어들이고, 그가 돈 많은 인간의 삶을 살기 시작한다면 어찌될 것인가? 그렇게 되면 비서가 회사를 계속 운영해 가지 않는 한, 그의 다음 소설도, 또 그 외의 어떤 작품도 그는 끝내지 못할 것이다.

다른 신문 기사에서 나는 체펠린 비행선*이 에케너 박사의 지휘로 다시 미국에서 돌아오려고 한다는 것을 알았다. 벌써 이전에 이쪽으로 비행했어야만 할 일이다. 훌륭한 업적이다! 이

* 독일의 체펠린Zeppelin이 발명하여 체펠린비행선회사가 건조한 경식硬式 비행선. 1900년에 1호선이 제작되었고, 제1차 세계대전 때 적국의 폭격에 사용되었다.

기사를 보고 나는 기뻤다. 얼마나 오랜 세월 동안 에케너 박사를 잊고 살아왔던가. 그의 지휘를 받으며 나는 18년 전에 보덴호수와 아를산 위로 첫 체펠린 비행을 했었다. 견고하고 믿음직한 선장의 얼굴을 한, 건장하면서도 말이 없는 남자라는 기억이 난다. 그와 거의 말을 주고받지 않았는데도, 그 당시의 얼굴과 이름을 기억하고 있다. 그리고 수많은 세월과 운명들이 지나간 지금에도 그 사나이는 여전히 같은 일을 하고 있다. 그 일을 계속하여 결국 미국까지 비행했다. 전쟁이나 인플레이션, 그의 개인적 운명도 자기 임무를 수행하고 확고한 의지를 관철시키는 그를 제지할 수 없었던 것이다. 1910년 당시에 그가 내게 친절하게 몇 마디 말을 하고서(나를 신문통신원으로 생각했던 모양이다) 자신이 지휘하는 비행선으로 기어 올라가던 모습이 지금도 눈에 선하다. 전쟁 중에도 그는 장군이 되지 않았고, 인플레이션이 일어난 시기에도 은행가가 되지 않았으며, 언제나 비행선 제조자로서 또 기장으로서 자기 일에 충실했다. 두 가지 신문을 통해 내 마음속으로 흘러들어온, 정신을 혼란시키는 많은 뉴스들 중에서 이 기사만은 나를 진정시켜주었다.

그러나 이제 충분하다. 오후 내내 나는 두 가지 신문을 뒤적이면서 지냈다. 난방장치는 여전히 차갑다. 약간 잠이나 청해볼까 한다. —1929

Bauernhaus in Wald.
숲속의 농가.
수채화, 1929년 7월.

Winter.

겨울.

수채화, 1933년.

나의 애독서

Lieblingslektüre

나는 다음과 같은 질문을 수없이 많이 받았다.
"당신은 무엇을 가장 즐겨 읽으십니까?"

이런 질문에 대답하기란 세계문학 애호가에게는 상당히 어려운 일이다. 나는 수만 권의 책을 읽었다. 그중 일부는 몇 번씩, 그리고 몇몇은 수십 번씩 읽었다. 내 서재에서, 그리고 내가 관여하거나 관심을 두고 있는 권역에서 그 어떤 문학서나 학파나 저자들을 제외시키는 것을 난 근본적으로 반대한다. 그렇지만 이 질문은 정당하기도 하고, 또 어느 정도는 대답을 할 수가 있다. 어떤 이는 감사하게도 모든 것을 즐겨 먹는 사람일 수 있다. 검은 빵부터 노루 고기에 이르기까지, 홍당무에서 송어에 이르기까지 아무것도 마다하지 않지만, 서너 개쯤 특히 즐겨 먹는 음식이 있을 수 있다. 또 누군가가 음악에 대해 생각할 때면 누구보다도 바흐와 헨델 그리고 글루크*를 지목할 수 있다. 그렇다 하여 슈베르트나 스트라빈스키**를 단념하고 싶어 하지는 않는 것과 마찬가지다. 그래서 자세히 관찰해보면, 문학 안에서도 다른 것들보다 내게 더 가깝고 더 맘에 드는 분야와 시대와 음조가 있다. 예를 들면 그리스인들 중에서는 비극 작가들보다 호머가 더 가까우며, 투키디데스***보다는 헤로도토스****가 더 가깝다. 솔직히 고백하자면 나는 비장한 작가들과는 썩 관계가 좋지 않고 어느 정도 애를 쓰고 있는 편이다. 근본적으로는 그런 작가들을 좋아하지

* 글루크(1714~1787). 독일 고전주의시대의 작곡가. 주요 작품으로 <알체스테>, <오르페우스와 에우리디케> 등이 있다.

** 스트라빈스키(1882~1971). 제정 러시아 태생의 미국 작곡가. 주요 작품으로 <불새>, <페트루슈카>, <봄의 제전> 등이 있다.

*** 투키디데스(BC 465?~BC 400?) 고대 그리스의 역사가. 『펠로폰네소스 전쟁사』를 썼으며 '역사는 영원히 되풀이된다.'는 말을 남겼다. 정치적 현실주의 학파의 시조로 여겨진다.

**** 헤로도토스(BC 484?~BC 425?) 고대 그리스의 역사가. 페르시아 전쟁을 다룬 저서 『역사』로 유명하다. '역사학의 아버지'라고 불리며 잘 짜여진 줄거리에 따라 사료를 배치한 최초의 역사가로 알려져 있다.

않는다. 그들에 대한 내 존경심이란, 설령 단테*나 헤벨**, 쉴러나 스테판 게오르게***라 하더라도 '억지로'라는 점에서 자유롭지 못하다.

내 일생 동안 가장 자주 찾아갔고 또 가장 잘 알게 된 세계문학 영역은 오늘날에는 아주 멀어졌으며 심지어 전설이 되어버린 것 같은 1750년과 1850년 한 세기 동안의 독일 문학이다. 괴테가 중심점과 정점을 이루고 있던 때를 말한다. 나는 고대와 먼 나라로 소풍을 갔다가도 언제나 절망이나 감동으로부터 안전해지는 이 영역으로 되돌아온다. 모두가 훌륭한 인본주의자들이면서도 흙냄새와 민속적인 냄새를 품고 있는 저 시인들과 서간문학가와 전기 작가들에게로 다시 돌아오는 것이다. 그 풍경과 국민성과 언어에 익숙하여 어린 시절부터 고향처럼 느껴지는 책들이 특히 내 심금을 울린다. 독서하면서 나는 아주 섬세한 뉘앙스와 깊숙이 숨겨진 풍자와 가벼운 여운까지도 이해할 수 있는 특별한 행복감을 누린다. 이러한 책으로부터 멀

* 단테(1265~1321). 13세기 이탈리아의 시인이자 예언자. 영원불멸의 거작 『신곡』을 남겼다.
** 프리드리히 헤벨(1813~1863). 독일 사실주의시대의 극작가. 희곡 작품으로 『유디트』, 『니벨룽겐의 사람들』 등이 있다.
*** 게오르게(1868~1933). 상징주의의 영향을 많이 받은 현대 독일의 서정시인. 시집으로 『삶의 융단』, 『동맹의 별』 등이 있다.

어져 번역판으로 읽어야 하거나, 유기적으로 순수하고 익숙해진 언어와 음악성을 지니지 못한 책으로 되돌아간다는 것은, 매번 충격적인 일이고 약간의 고통을 동반한다. 내게 행복감을 누리게 하는 언어는 물론 남시쪽의 독일어, 즉 알레만 방언과 슈바벤 방언이다. 나는 그저 뫼리케*나 헤벨**을 예로 들면 될 것이다. 그러나 그러한 행복감은 저 축복받은 시대의 거의 모든 독일과 스위스 일대의 작가들, 즉 젊은 괴테로부터 슈티프터***에 이르기까지, 그리고 『하인리히 스틸링의 청춘 시절』로부터 이머만****과 드로스테휠스호프*****에 이르는 작가들을 통해서도 느낄 수 있다. 그런데 이렇게 훌륭하고 사랑스러운 책들 대다수가 오늘날에는 단지 한정된 숫자의 공립도서관이나 개인 서재에 비치되어 있다는 사실은 우리 시대의 가장 불유쾌하고 추악한 징조에 속하는 것이다.

* 뫼리케(1804~1875), 독일의 시인이자 소설가. 주요 작품으로 소설 『화가 놀텐』, 동화 『슈투트가르트의 난쟁이』 등이 있다.
** 요한 페터 헤벨(1760~1826). 독일의 시인이자 소설가. 시집 『알레만 방언시』, 단편집 『라인 지방 가정의 벗, 이야기 보물상자』 등을 남겼다.
*** 슈티프터(1805~1868). 오스트리아의 소설가. 괴테의 전통을 계승한 이상주의를 전개했다. 주요 작품으로 독일 교양소설의 대표작 『늦여름』이 있다.
**** 이머만(1796~1840). 독일의 극작가이자 소설가. 4권으로 된 장편 『뮌히하우젠』에 삽입된 『높은 곳에 있는 농가』는 최초의 농민소설이다.
***** 드로스테휠스호프(1797~1848). 독일의 시인. 주요 작품으로 종교시 『거룩한 해』, 단편소설 『유대인의 너도밤나무』가 있다.

그러나 같은 피와 같은 흙과 모국어가 전부는 아니며, 문학에 있어서도 마찬가지다. 그것들을 넘어선 인간성이 존재한다. 그리고 가장 멀리 떨어진 것과 가장 낯선 것에서 고향을 발견하거나 외관상으로는 완전히 폐쇄된 것, 혹은 가까이 할 수 없다고 여겨지는 것을 사랑하고 그것과 친숙해지는 놀랍고도 행복한 가능성이 언제나 존재하고 있다. 이러한 사실을 내 인생의 초반기에는 인도의 정신적 소산물이, 그리고 그 뒤에는 중국의 소산물이 입증해주었다. 나의 양친과 외조부모들은 인도에서도 살았으며, 인도의 언어를 배우고 어느 정도나마 인도의 정신을 맛보았다. 이런 점은 내게도 사랑스럽고 값진 소산이 되었다. 또한 정신의 도피처가 되고 제2의 고향이 되었다. 경이에 가득 찬 중국 문학과 중국인의 고유한 인간성과 정신이 존재한다는 것에 관해서 내 나이 삼십이 넘도록 전혀 알지 못했었다. 뤼케르트의 모작과 리하르트 빌헬름과 다른 사람들의 번역을 통해 시경詩經을 알게 된 것 이외에는 중국 문학에 대해 아무것도 모르던 내가, 중국 문학이 없는 삶은 더 이상 상상할 수 없게 되는 일이 예기치 않게 일어났다. 바로 성현의 중국적-도교적 이상을 알게 된 것이다. 이천오백 년이란 세월을 넘어서, 중국어를 한마디도 못하고 중국에 가 본 일조차 없었던 내게, 나 자신의 예감에 대한 확신과 정신적 고향을 고대 중국 문학에서 찾아내는 행운이 주어졌던 것이다. 옛날에는 이러한 것들을 오로지 내 출생과 언어에 국

한된 세계에서만 소유하고 있었다. 장자와 열자 및 맹자가 이야기한 이 중국의 도사와 현인들은, 비장한 작가들과는 반대로 놀라울 정도로 소박하며 민중의 일상생활과도 가까웠다. 그들은 자기가 무엇이나 되는 양 자신을 내세우는 일이 없었으며, 은거와 만족 속에서 살아갔다. 그리고 그들에게 자신을 표현하는 방법이란 한 가지뿐이었는데, 그저 놀라울 따름이다. 예를 들면 노자의 위대한 대립자로 체계자이며 도덕가요, 입법자이며 예절의 수호자인 동시에 옛 성현들 중 유일하게 정중한 사람인 공자는 가끔 이렇게 성격화되고 있다. "불가능하다는 것을 알면서도 그것을 행하는 자, 바로 그가 그 사람 아닌가?"라고. 이는 일종의 태연함이요 유머이며 소박함인 바, 이와 비슷한 예를 나는 다른 어떤 문학에서도 찾아보지 못했다. 종종 나는 이 글귀를 생각한다. 세계의 사건을 관찰할 때, 특히 세상을 지배하고 완전하게 하겠다는 생각을 가진 사람들을 볼 때 그러하다. 그들도 대가인 공자처럼 행동하지만 그들의 행동 뒷면에는 '불가능하다는 것'에 대한 지식이 결여되어 있다.

중국인들에 관한 관심만큼 오래되진 않았지만 일본인들 또한 깊은 인상을 준다. 우리가 오늘날 독일과 마찬가지로 호전적인 나라로만 알고 있는 일본에는 여러 세기 전부터 숭고하면서도 재치 있는 것, 영靈으로 충만하면서도 무척이나 단호하게, 심지어는 쓰라릴 정도로까지 실제적 인생으로 향하는 그 무엇,

즉 선禪과 같은 것이 존재했고 또 존재하고 있다. 선이란, 불교와 밀접한 인도와 중국도 그에 관여했었지만 일본에 와서야 비로소 만발하게 된 꽃이다. 나는 선을 일찍이 어느 한 민족이 애써 얻었던 하나의 훌륭한 보화로 생각하는 바, 부처나 노자와 동등한 지위의 지혜요 실행이라 여기고 있다. 이후에는 일본의 시문학이 내 마음을 사로잡았다. 무엇보다도 극단적인 소박성과 간결성을 추구하는 일본 서정시의 노력이 그러했다. 일본의 시를 읽자마자 현대 독일시를 읽어서는 안 된다. 우리의 시를 절망스러울 정도로 장황하고 부자연스럽다고 여기지 않으려면 말이다. 일본인들은 17음절 시와도 같은 경이로운 형식을 고안해냈으며, 또한 예술이란 쉽게 얻어지는 것이 아니라 그 반대를 통해 습득된다는 것을 언제나 잘 알고 있었다. 옛날에 어느 일본 시인이 2행으로 된 시를 한 수 지었다. "아직도 눈 덮인 숲속/자두나무 몇 가지에 꽃피어 있네!"라는 시다. 그는 시를 짓고는 동료에게 읽어보라고 주었다. 동료는 "자두나무 한 가지만으로도 충분하지요"라고 말했다. 시인은 그 말이 옳다고 느꼈다. 자기가 실제적 소박함과 거리가 멀었다는 것을 깨닫고, 그 친구의 충고를 따랐다. 그리하여 이 시는 오늘날까지도 잊히지 않고 있다.

오늘날, 사람들은 때때로 우리 조그만 나라에서 책들이 과잉 생산되고 있다고 비웃는다. 그러나 내가 좀 더 젊고 여력이 있었더라면 책을 편집하고 출판하는 일 이외에는 아무것도 하지 않을 것이다. 그런 일을 하면서는 전쟁을 겪은 나라들이 다시 회복하여 그들의 정신생활이 전쟁 이전의 상태로 돌아가기를 기대해서는 안 되며, 또한 책 만드는 일을 잠시 동안의 기회주의적 사업으로 영위해서도 안 된다. 세계문학은 진쟁이나 그 결과로 인해서 뿐만 아니라, 성급하고 형편없게 제작된 책들로 인해서도 위험에 빠져들고 있는 것이다. —1945

알프스에서의 체험

Erlebnis auf einer Alp

나는 오후 가장 더운 때 아말렉으로 가는 경사진 좁은 길을 따라 올라갔다. 우리 호텔에서 150미터 가량 떨어진 곳에 빽빽한 가문비나무 숲이 있다. 나무에 둘러싸인 반원형의 풀밭분지에 나는 아말렉이라는 이름을 붙여주었다. 이곳에 최근 며칠 동안 천막들이 들어섰다. 이 밝고 활기찬 천막들은 그림 성경에 나오는 아말렉 사람이나 블레셋* 사람들의 숙영지를 연상케 했다. 그곳 아말렉 숙영지 가까이에는 휴식을 취

* 고대 팔레스타인 민족 중 하나로 유태인들을 압박하기도 했다.

하거나 그림을 그리거나 글을 쓰기에 적당해 보이는 장소가 몇 군데 있었다. 약간 후텁지근한 날씨였다. 눈 덮인 산 위에는 고요하고 커다란 구름덩어리가 산과 탑 같은 모양을 이루고 있었다. 산봉우리에는 구름의 무리가 움직이고 있었다. 엷고 밝은 푸른색을 배경으로 하여 가볍고 변덕이 심한 깃털구름들은 때로는 휴식하는 듯, 때로는 부드럽게, 아래에서는 느낄 수도 없는 바람으로 말미암아 끊임없이 동쪽으로 향했다.

나는 한가한 사람들이 진을 치고 있는 숙영지에서 얼마 떨어지지 않은 곳에 마음에 드는 장소를 하나 발견했다. 오후에 그들은 햇빛과 그늘이 교차하는 숲 가장자리에 누워 잠을 자거나 책을 읽거나 잡담을 했다. 그들 중 대부분은 옷을 아주 벗었거나 반쯤 벗은 상태였다. 그곳은 경사가 급해서 한 층에서 다른 층이 보이지 않는 계단처럼 계속 이어졌다. 숲 가장자리의 돌출부에 있는 좁은 공간에는 수많은 사람들이 머무를 수 있었다. 그들은 서로 방해하지 않았고, 다른 사람이 무슨 짓을 하는지 알 수도 없었다. 나는 관목으로 둘러싸인 잔디와 야생 잡초밭에 눕거나 앉아 있었다. 주위에 아무도 없는 호젓한 숲의 그늘과 경사진 풀밭에 앉으면 발아래 놓인 몇 채의 오두막집, 안개가 가득한 골짜기의 냇물, 광활한 하늘, 거대한 산의 만년설과 얼음까지를 홀로 즐겼다.

휴식을 취하며 몸을 식힌 후 나는 느긋한 마음으로 이런 산책에 늘 가지고 다니는 조그마한 서류철을 펼쳤다. 그것은 1910년 루돌프 모세의 신문 목록을 아마포 표지로 철해둔 것이었다. 나는 이것을 십 년 동안이나 성실하게 가지고 다녔다. 여전히 남이 보면 갖고 싶어 할 정도의 물건이었다. 나는 주머니에서 만년필을 꺼내고 조그마한 종이 철을 펼치고서 그림을 그리기 시작했다. 작은 담장과 그 뒤에 베른산産 각목으로 만든 오두막집, 우뚝 솟은 단풍나무 두 그루, 그 뒤로 날카롭게 뾰족한 산등성이와 그 아래로 남자의 발처럼 경사진 절벽, 그리고 산등성이 뒤에는 융프라우의 윤곽, 그러나 그 윤곽선은 종이가 너무 좁아서 그냥 암시만 해놓았다.

눈이 따끔거려서 그림 그리던 것을 중단하고 좀 쉬기 위해 몸을 쭉 펴 기지개를 켜는데, 아이들의 목소리가 크게 들려왔다. 그리고 내 발아래 한 무리의 아이들이 나타났다. 한 학교나 한 학급쯤 되어 보이는데, 배낭을 멘 아이들은 베른 사투리를 쓰고 있었다. 추측하건대 열네 살 내지 열여섯 살가량 되어 보였다. 그들은 흥분해서 소리를 질러대고, 서두르지도 않았다. 그리고 뒤에 처진 몇 명은 바로 내 머리 위에 서서 알록달록한 수건으로 이마의 땀을 닦았다. 몇몇 아이들은 잠시 동안 짧게 자란 풀에 주저앉았다. 긴 호흡을 하고 나서, 그들은 올라온 길을 멀리 내려다보며 의외로 아주 조용해졌다. 그러고는 잠시 후에 그들 중 하나가 기억을 더듬으며 시 한 구절을 암송하기 시작했다. 막히기도 하고 더듬거리기도 했지만, 그는 끝까지 올바르게 암송했다. 그건 짤막한 시였다. 이 시의 두 구절을 리듬뿐만 아니라 단어들까지 알아들었을 때, 바로 내가 쓴 시라는 것을 알아차렸다. 구름에 관한 그 시를 저자인 나 자신도 기억하기란 쉽지 않다. 하려 해도 제대로 암송해내지 못했을 것이다. 그러나 그 소년은 거의 오십 년 전에 쓴 그 시구를 노래로 부르기도 하고 약간 엄숙하게 암송하기도 했다. 그의 친구들은 아무 말 없이 그 시에 귀를 기울였다. 다시 조용해져서 그들의 얼굴을 좀 보려고 몸을 뒤로 돌리니, 아이들은 이미 산 저쪽으로 사라지고 없었다. 지은 지 거의 반세기 만에 나의 시 한 구절이 이렇게 모르는 소년의 입을 통해 다시 내게로 돌아왔다. —1947

Sommerwiese vor einem Tessiner Bergdorf
테신주 산악 마을 앞의 여름 초원.
펜화에 수채화 채색, 1935년.

Sommerabend vor einem
Tessiner Grotto

An den Platanenstämmen spielt noch Licht,
Durch hohe Astverschlingung blickt noch Blau
Und spiegelt sich im Wein. Im Walde spricht
Mit Kindern eine ungeschliffene Frau.
Hier oben atmet Waldkraut und Gestein,
Wir [illegible] festlich und Feierabend,
Ein bißchen Brot, die kühlen Schalen Wein
Mit [illegible] [illegible] [illegible].
[illegible] am Berge duftet scharf und strenge,
Schon wird im Holz ein Siebenschläfer wach,
Die erste Fledermaus jagt durchs Gestänge
[illegible] Zweige ihren Kreisen nach.
Und nun [illegible] Laut um Laut und Licht um Licht
Der Tag dahin, und aus den Bäumen quillt
Wie Honig und Harz duftend, schwer und dicht
Herab die Nacht, die mütterlich uns stillt.
Es löschen mit dem Tag die Farben aus,
Mit denen wir geordnet unsere Welt:
Platanen, Ahorn, Esche, Tannen, [illegible]
Schmelzen in Eines; hingegeben fällt
Die bunte Vielfalt an der Mutter Brust
Zurück und in der Kindheit dunkle Luft.
Laub duftet bang und Nacht, ein Waldkauz schreit,
Das dunkle Blau der [illegible] [illegible] [illegible] ....
Wie selig duftet doch Vergänglichkeit!
Wie sehnt sich Geist nach Leib und Tag nach Nacht!

H. Hesse

August 1929

Erste Fassung des Gedichtes

Sommerabend vor einem Tessiner Waldkeller (Grotto) in Hesses Handschrift.

「테신주 숲속 포도주점 앞에서의 여름 밤」이란 시.

헤세 자필로 된 첫 번째 원고.

책상 앞에서의 시간들

Stunden am Schreibtisch

많은 편지를 받고 여러 사람들과 관계를 맺고 있는 사람은, 오늘날 어쩔 수 없는 고난과 절망에 분노하거나 으르렁대는 이들로 말미암아 여러 가지 경우를 겪게 된다. 하루치 우편물이 날라주는 불행과 곤경, 가난과 굶주림과 실향의 슬픔을 홀로 견뎌내야 한다면 나는 더 이상 살아남지 못할 것이다. 때로는 매우 객관적이고 직관적인 사연들 중 대부분은 동감하기도 한다. 또 어떤 것들은 받아들이기 위해 상당한 노력을 기울이기도 한다. 지난 몇 년 동안 나는 최소한이나마 도움을 줄 수 있거나, 위안과 충고 혹은 물질적인 도움을 줌으로써 해결할 수 있는 고난들에 대비하고 이해심을 발휘해야만 했다.

이 고난의 시절에 정신적인 도움을 간청하는 편지들에는 공통점이 있다. 그것은 대부분 이미 나이가 든 사람들의 편지라는 것이다. 그들은 지금껏 살아오며 견딜 수 없을 정도까지 시련을 겪었다. 그것이 냉혹하게 작용하여, 그들이 일생 동안 한 번도 염두에 두지 않던 생각을 가까이하게 된 것이다. 바로 자살을 함으로써 고난을 끝내겠다는 생각이다. 물론 젊은이나 마음이 나약한 사람들, 약간 시적이기도 하고 센티멘털한 사람들로부터 그런 분위기에 가득 찬 편지들이 언제나 오곤 했었다. 그들은 내가 이미 잘 알고 있는 유형의 사람들로, 그런 일에 익숙해진 이들이다. 내게 자살로 추파를 보내거나 위협하는 짓에 대해서 나는 상당히 분명하고 무뚝뚝하기까지 한 대답을 보내왔다. 이런 염세적인 사람들에게는 대충 이런 내용의 답장을 쓰곤 한다. '나는 자살에 대해 절대로 유죄 판결을 내리지는 않는다. 실제로 거행된 자살에 대해서는 다른 방법으로 죽은 모든 죽음에 대해서와 다름없는 경의를 표한다. 그러나 염세적 경향에서 기인한 자살의 의도라면 당신들이 원하는 바처럼 조금도 진지하게 여길 수가 없다.' 나는 오히려 그들이 전혀 합당치 않은 동정심을 강요한다고 생각하는 편이다. 그러나 생활 능력이 있고 믿을 만한 사람들로부터도, 자주는 아니지만 끊이지 않고 자살에 대해 어떻게 생각하느냐는 질문이 담긴 편지가 온다. 아마도 온갖 의미와 기쁨, 아름다움과 품위가 결여된 삶이 점점 어려워지고 견딜 수 없어지기 때문일 것이다. 이런 편지에 대해서는 내게 전가된 고난을 아주 진지하게 여기고 인정하지 않고서는 대답할 수가 없다.

이런 외침에 내가 대답했던 문장을 메모해둔 것이 몇 개 있다. 몹시 낙담하기는 했지만 삶의 의지가 진지하게 손상되지는 않은 듯한 여인에게 나는 이렇게 썼다.

> "오늘날엔 우리들 모두가, 정신이 있는 사람들 모두가 절망 상태에 살고 있습니다. 절망이 우리의 적법한 장소이며 입장이지요. 그리하여 우리는 신과 무無 사이에 위치하게 되었습니다. 그들 사이에서 우리는 숨을 내쉬고 들이마시고 있습니다. 그들 사이에서 흔들거리고 이리저리 오가고 있습니다. 매일 생명을 던져버리고 싶은 욕망을 느끼면서도, 우리 내면에 존재하는 초개인적이고 초시간적인 것에 의해 생명을 지탱하고 있습니다. 우리의 나약함은, 우리가 영웅이 되진 못할지라도, 곧 대담함으로 변하게 되지요. 그리고 우리는 우리 다음에 올 사람들을 위해 전통적인 믿음과 신뢰라는 재산을 약간이나마 구할 수 있는 것입니다."

쉰 살이 넘은 어느 신사는 자살에 대한 내 의견을 듣고 싶다고 아무 상투어도 없이 아주 냉철하게 간청했다. 그는 활동적이고 책임감 있는 생활을 해오며 한 번도 자살을 생각해본 적이 없지만, 지금은 너무나 힘들고 무의미하며 품위도 없어진 삶에서 해방될 수 있는 유일한 길은 자살이라는 생각이 점점 분명해져 기억할 수 없게 되었다고 했다. 내가 그에게 보낸 답장의 일부를 여기에 적는다.

> "내가 열다섯 살 쯤 되었을 때였습니다. 어떤 선생님이 자살이란 인간이 저지를 수 있는 가장 큰 도덕적 비겁함이란 주장을 하며 우리를 당황스럽게 했습니다. 그때까지 나는 자살하는 데는 특정한 용기와 대단한 반항과 고통이 있을 것이라 생각했었지요. 그리고 자살자들에 대해서는 두려움 섞인 존경심을 느끼고 있었습니다. 그래서 그 순간 선생님의 격언은 정말 당황스러웠습니다. 이 격언 앞에 나는 아무런 반응도 하지 못한 채 멍청하게 서 있었습니다. 거기에는 온갖 논리와 도덕이 깃들어 있는 것처럼 보였지요. 그러나 당황한 상태는 오래 지속되지 않았습니다. 나는 곧 정신을 차렸고, 그간 지녀온 내 자신의 감정과 생각들을 다시 믿게 되었습니다. 그래서 평생 동안 자살자들에 대해 주목할 만한 가치가 있고 호감이 가며 음산한 방식이긴 할지라도 어떻든 특출한 사람들이라 생각했습니다. 선

생님은 상상할 수도 따라갈 수도 없는 인간적 고뇌의 본보기이며, 내가 좋아하지 않을 수 없는 용기와 반항의 표본이었지요. 사실 내가 알고 있는 자살자들이란 모두가 문제적이긴 했지만, 동시에 평균을 초월하는 사람들이었습니다. 그들이 머리에 총알을 쏘는 용기 이외에도 선생님들과 도덕을 미워하고 경멸하는 용기를 지니고 있었다는 사실이 내 공감을 고조시켰습니다. 천성과 교육과 운명으로 인해 한 인간의 자살이 불가능해지고 금지되었다면, 때때로 상상으로나마 이런 탈출구에 대한 유혹에 빠지긴 할지라도 실행에 옮길 수는 없을 것입니다. 자살은 그냥 금지되어 있는 것입니다. 사정이 다르다면, 한 사람이 견딜 수 없게 된 삶을 내던져 버린다면, 내 의견으로는 그 사람도 다른 사람들이 '자연적인' 죽음에 대해 가지는 것과 똑같은 권리를 가진다고 봅니다. 아, 자살한 사람들의 죽음을 나는 다른 사람들의 죽음과 마찬가지로 자연스럽고 의미심장한 것이라 느끼곤 했답니다!"

숨을 깊이 들이쉬면서 나는 이제 이런 관심사를 멀리하고 다른 이야기를 하고자 한다. 이는 씁쓸할 정도로 진지하게 여길 필요도 없거니와 실질적인 문제이기 때문에 보다 과감하게 접근할 수가 있다. 바로 젊은 작가들이 내게 원고를 보내며 그에 대한 판단을 해달라고 하는 것이다. 참으로 그들이 안타깝다. 나는 그들을 실망시키고 있지만 양심의 가책을 느끼지 않는다. 불가능한 일을 해야 할 의무는 없다. 젊은 작가들은 그들 원고를 돌려받으며 예의로 보내는 자그마한 선물, 그리고 양해를 구하는 몇 줄의 글도 받는다. 자신을 다음 번 괴테상이나 노벨상의 유력한 후보로 자천하고 있는 이 아무것도 모르는 가련한 작가들은 보잘것없는 답변으로 만족해야만 할 것이다.

그러나 일 년에 몇 번은 내가 기껍게 받아보고 사랑을 담아 답장을 쓰게 하는 편지가 온다. 일 년에 두서너 번은, 그림으로 장식된 시 원고를 받을 수 있겠냐고 물어오는 이들이 있는 것이다. 나는 요청받은 원고를 애호가들에게 제공하고, 거기서 얻은 소득 일부를 가난한 나라로 보내는 소포꾸러미와 원조를 위한 비용으로 지출했다. 마지막 편지로부터 여러 달이 지난 오늘 다시 그런 문의가 왔으며, 나는 일과 빵을 벌기 위해 작업을 시작했다. 가능하면 나는 그런 원고를 하나나 두 개쯤 준비해두고 있었다. 그중 하나가 애호가에게 넘어가는 대로 빠르게 그것을 보충하곤 했다. 지금까지 내가 했던 것들 중에서 가장 즐거운 일의 하나로 대충 다음과 같이 진행된다.

제일 먼저 나는 아틀리에로 가서 종이를 보관하는 장을 연다. 지금 사는 집을 지은 이래로 이 장을 소유하고 있는데, 여기에는 전지를 넣어두는 넓고 깊은 미단이 서랍이 달려 있다. 이 장

안에는 오늘날엔 잘 구할 수도 없는 귀하고 오래된 종이가 많이 들어 있다. "젊은 시절에 원하는 것은 늙어서 풍부하게 소유하게 된다"라는 격언대로 내 소원이 이루어진 것이다. 어린 소년이었을 때 나는 크리스마스와 생일에 언제나 종이를 선물받길 원했다. 여덟 살 때에는 갖고 싶은 선물을 적는 쪽지에 '슈팔렌 성문처럼 커다란 전지 한 장'이란 말을 적기도 했다. 나이가 들어서도 언제나 훌륭한 종이를 구할 수 있는 기회를 노렸고 때로는 책이나 수채화를 주고 바꾸기도 했다. 그리고 이 장을 소유하게 된 이래로, 나는 죽을 때까지 다 쓸 수도 없을 만큼 많은 종이를 가지게 되었다. 나는 장을 열고 한 장의 종이를 고르기 시작한다. 때로는 반질반질한 종이가, 때로는 거친 종이가, 또는 귀한 수채화 종이가, 그 다음엔 단순한 인쇄용 종이가 날 유혹한다. 이번에는 아주 소박하고도 가벼운 노란색을 띤 종이에 흥미를 느꼈다. 이 종이는 오래도록 아껴가며 아직 몇 장쯤 소중하게 간직하고 있는 것인데, 바로 옛날에 가장 좋아하던 책 중의 하나인 『방랑』*을 인쇄했던 종이다. 몇 권 남아 있던 이 책의 재고는 미국의 폭격으로 파괴되어서 이제는 하나도 존재하지 않는다. 나는

* 헤세가 1911~1920년 사이에 집필한 음악적인 서정시, 신문과 잡지에 발표되었던 관조적인 산문들, 그리고 직접 그린 그림을 함께 실어 1920년 베를린 피셔 출판사에서 출간한 책이다.

여러 해에 걸쳐 책이 고물상에 나오면 얼마를 주고라도 사들였다. 이 책이 다시 출판되기를 바라는 것은 오늘날 내가 지닌 작은 소망 중 하나다. 이 책에 사용된 종이는 비싸지는 않지만 물따위가 잘 통과하는 특별한 다공성 종이다. 이 위에 수채화용 물감을 칠하면 약간 가볍게 퇴색한 듯한 효과가 나서 고풍스러워 보이게 한다. 내가 기억하기로는 약간의 위험성도 있었지만, 그게 뭔지는 모르겠다. 그러나 놀라더라도 시험해보자는 생각이 들었다. 나는 전지를 끄집어내어 접지 기구로 원하는 만큼 똑바로 잘라냈다. 그리고 그에 맞는 두꺼운 종이를 보호철로 대고는 작업을 시작했다. 나는 항상 텍스트는 고려하지 않고 표지와 그림들을 먼저 그리며, 그 후에야 알맞는 텍스트를 골라낸다. 처음 대여섯 장은 조그마한 풍경이나 화환 같은 익숙한 모티프로 스케치하며, 그 다음 것들은 내 화첩에서 자극적인 본보기들을 찾는다.

나는 세피아 색으로 작은 호수와 몇 개의 산과 하늘에 뜬 구름을 그린다. 전경의 산기슭에 장난처럼 작은 마을을 건축해 놓고 하늘에는 약간의 코발트색, 호수에는 반짝거리는 청색, 그리고 마을에는 황갈색이나 노란색을 아주 연하게 칠한다. 물감을 보드랍게 흡입하는 종이는 모든 빛깔을 유연하게 하고 전체적으로 잘 조화시키므로 나는 마음이 즐거워지는 것이다. 젖은 손가락으로 하늘을 약간 창백하게 닦아내며 내 소박하고도 작은 팔레트와 대화를 나눈다. 오랫동안 나는 이렇게 하지 못했다. 물론 옛날처럼 되진 않는다. 나는 훨씬 더 빨리 피로를 느낀다. 체력은 그저 하루에 몇 장만을 그리기에 족할 따름이다. 그러나 한 줌의 하얀 종이를 그림과 필적으로 변화시킨다는 것은 아름답고도 즐거운 일이다. 그리고 이 필적이 제일 먼저는 돈으로, 그다음에는 커피와 쌀과 설탕과 초콜릿이 담긴 소포로 계속 변화하리란 것을 알고 있다. 나아가서는 그로 인해 값진 인간의 마음속에 격려와 위안과 새로운 활력의 광선이 불붙게 된다. 어린아이들의 환호성과 병자들과 노인들의 미소, 그리고 여기저기에서 지치고 용기를 잃은 마음속에 믿음과 신뢰를 일으키게 되리란 점이 나를 즐겁게 해준다.

그것은 아름다운 유희다. 이 조그마한 그림에 예술적인 가치가 깃들어 있지 않다고 해서 나는 양심의 가책을 받지도 않는다. 내가 옛날에 이런 작은 책과 표지를 만들었을 때에는 오늘날보다도 훨씬 더 졸렬하고 예술성이 없었다. 그것은 제1차 세계대전이 일어난 무렵의 일이었다. 친구의 부탁으로 당시의 전쟁 포로들을 위해 그것을 만들었다. 오래전 일이다. 그러나 그 후에는 내 스스로가 필요로 했기 때문에 그런 부탁을 받는 것이 즐거웠던 시절이 있었다. 이제는 수십 년 전처럼 내 손으로 그린 그림이 들어가는, 전쟁 포로를 위한 도서관은 없다. 내가 손으로 그린 작은 작품을 받는 사람들은 익명의 미지인들이 아니다. 내 노

동의 수입을 적십자나 이런저런 기관에 바치지도 않는다. 여러 해가 흐르는 동안에 나는 우리 시대의 모든 경향과는 반대로 점점 더 개인적이고 개별화된 것의 애호가가 되었다. 아마도 그 때문에 놀랍게도 나는 별난 사람일 뿐만 아니라, 객관적으로 징딩성을 지니고 있을 것이다. 내가 그들 모두를 개인적으로 잘 알지는 못하지만, 최소한 나는 얼마 안 되는 그 사람들의 부탁을 들어주는 것이 내게 무엇을 의미하는지를 안다. 또 그들 각자가 자기 자신의 일회적인 가치와 특별한 운명을 지니고 있다는 것도 안다. 그리고 내가 옛날에 거대한 기계 속의 톱니바퀴로서 일했던 자선사업보다도 훨씬 큰 기쁨을 주고, 나 스스로 보다 올바르고 필요한 것이라 여긴다고 확신할 수 있다. 요즘에는 매일같이 세상에 적응해야 한다. 대개의 사람들이 그러하듯이 숙련된 것과 기계화의 도움을 받아서. 다시 말해 기계와 비서와 방법론의 협조를 받아 모든 현실적인 과제들을 해결하도록 요구받고 있다. 나는 늙은 나이에 이를 악물고 배워야만 할 것인가? 아니다. 마음이 편하지 못할 것이다. 그리고 책이 잔뜩 쌓여 있는 내 책상으로까지 밀려들고 있는 저 많은 고난의 물결들은 모두 기계가 아니라 진정 하나의 인간에게 도움을 청하고 있는 것이다. 우리 모두는 자기가 믿는 것에 머물러야 하리라! —1949

노년기

Über das Alter

우리 인생에 있어서 노년기란 한 단계다. 다른 모든 단계와 마찬가지로 독자적인 면모를, 즉 독자적인 분위기와 온도, 독자적인 기쁨과 고난을 지니고 있다. 백발이 된 우리 노인들은 다른 젊은이들과 똑같이 자신의 존재에 의미를 부여할 과제를 지니고 있다. 그리고 침대에 누운 채 세상의 소리를 거의 들을 수 없는 병든 사람이나 죽어가는 사람도 그 나름대로의 과제가 있다. 중요하고 필연적인 일을 실천해야만 하는 것이다. 늙는다는 것도 젊다는 것과 꼭 마찬가지로 아름답고 신성한 과제가 된다. 죽는 법을 배우는 것 그리고 죽는다는 것은 다른 모든 것들과 마찬가지로 하나의 귀중한 기능이다. 이 기능이 모든 삶의 의미와 신성함에 앞서 경건하게 수행되어야 한다는 것을 전제로 하고서 말이다. 백발의 머리와 늙었다는 사실과 죽음에 가까워졌다는 사실을 그저 증오하고 두려워하는 노인은 자기 삶의 한 단계에 대한 품위 있는 대변자가 되지 못한다. 젊고 건장한 사람이 자기의 직업과 매일 매일의 일을 증오하고 그것을 회피하려 한다면, 그도 역시 마찬가지다.

간단히 말해서, 노인으로서 자신의 의미를 실현하고 자기 과제에 부합한다는 평가를 받기 위해서는 노년기와 그에 더불어 닥쳐오는 모든 일을 받아들여야만 한다. 그 모든 것을 긍정해야만 한다. 긍정이 없이는, 자연이 우리에게 요구하는 것에 대한 희생이 없이는—늙었든 젊었든 간에 상관없이—우리 생애의 가치와 의미가 사라져버린다. 그리고 우리는 우리 인생을 기만하게 된다.

노년기에는 병고가 몰려오고, 그 마지막엔 죽음이 온다는 것을 누구나 알고 있다. 우리는 한 해 한 해 희생을 치르고 체념해야만 한다. 우리는 자신의 의미와 기력을 믿지 않는 법을 배워야 한다. 얼마 전까지만 해도 간단히 산책하던 길이 차츰 길어지고 힘들어지며, 어느 날에는 더 이상 그 길을 갈 수가 없게 된다. 일생 동안 그다지도 즐겨 먹었던 음식도 포기해야만 한다. 육체적인 즐거움과 향락은 점점 줄어들고, 점점 더 비싼 대가를 치러

야만 한다. 그다음에 오는 노쇠함과 질병, 나약해지는 감각과 마비되는 오장육부, 그리고 특히 길고 긴 두려운 밤에 너무 자주 찾아오는 수많은 통증. 이 모든 것은 부정해버릴 수가 없다. 쓰디쓴 현실이다. 그러나 오로지 이 영락해가는 과정에만 몰두해서 노년기에도 좋은 점이 있고 위안의 원천과 즐거움이 있다는 점을 보지 못한다면, 그건 비참하고도 슬픈 일이다. 두 노인이 서로 만난다면, 그저 그 빌어먹을 관절염이나 뻣뻣해지는 팔다리, 또는 계단을 오를 때 가빠지는 호흡 등에 관한 이야기만 해서는 안 된다. 그런 괴로움과 불쾌한 것들에 대해서만 말하지 말고, 그들의 명랑하고도 위안이 되는 체험담과 경험담을 나누어야 한다. 그런 이야기는 수없이 많을 것이다.

나는 노인들에게 자신의 생에 이런 긍정적이고 아름다운 면이 있다는 걸 회상시켜 줄 것이다. 또 젊은이들에게는 지금 그들에게 아무런 역할도 하지 못하는 원기와 인내와 기쁨의 원천을 우리 백발노인들도 알고 있다는 점을 상기시켜 주고자 한다. 그렇다고 해서 내가 종교와 교회의 위안에 대해 말할 자격이 있는 것은 아니다. 그것은 성직자의 일이다. 그러나 나는 노년기가 가져다주는 몇 가지 선물에 대해 감사한 마음으로 직접 이름을 들어 말할 수가 있다. 이런 선물들 중 내게 가장 값진 것은 보물과도 같은 영상들이다. 긴 인생을 보내고 나면 우리는 이런 영상들을 기억 속에 간직하게 된다. 활동력이 사라지면 우리는 그런 영상들에 옛날과는 완전히 다른 관심을 기울인다. 육십 년이나 칠십 년 전부터 이 세상에 존재하지 않는 사람들의 얼굴이 우리들 마음속에 계속 살아서 우리를 상대해 주며, 생생한 눈길로 우리를 바라본다. 그동안에 없어져 버렸거나 완전히 변해버린 집들과 정원과 도시들을 우리는 옛날과 똑같은 상태로 바라본다. 수십 년 전에 여행하다 보았던 먼 산악 지방과 해안 지대의 신선하고 다채로운 영상을 다시 발견하기도 한다. 관조와 음미와 명상은 점점 하나의 습관이 된다. 알지도 못하는 사이에 음미하는 자의 분위기와 몸가짐이 우리의 온갖 자태에 스며든다.

대다수의 사람들처럼 우리는 소망과 꿈, 욕망과 정열에 휘몰려서 우리 인생의 수많은 세월들을 불안하게, 긴장한 채, 기대에 가득 차서, 또한 성취와 실망으로 격렬하게 흥분하며 돌진했었다. 그런데 오늘은 우리 자신의 커다란 인생의 책을 조심스럽게 뒤적이면서, 저 사냥질과 추격 행위에서 벗어나 명상적 인생에 도달했다는 것이 얼마나 아름답고 쾌적할 수 있는지에 대해 경탄하고 있다.

여기 이 백발노인의 정원에는 옛날에는 도무지 가꾸리라고 생각하지 못했던 수많은 꽃들이 피어나고 있다. 거기엔 고귀한 잡초와도 같은 인내의 꽃이 피어 있다. 우리는 보다 침착해지고 보다 관대해진다. 간섭하고 행동하려는 우리의 욕구가 적어지면 적어질수록, 자연과 함께 사는 사람들의 인생을 관조하고 거기에 귀를 기울인다. 어떤 비판도 하지 않고 삶의 다양성에 계속해서 놀라면서, 때로는 관심과 고요한 유감을 나타내기도 하고 때로는 미소와 밝은 기쁨과 유머를 보이면서, 그런 것들이 그냥 우리 곁을 스쳐 지나가도록 내버려둘 수 있는 능력은 점점 더 커진다.

얼마 전 나는 정원에서 불을 피우고 나뭇잎과 마른 가지들을 태우고 있었다. 그때 팔십쯤 된 노부인이 산사나무 울타리 옆을 지나가다가 머물러 서서 나를 바라보았다. 내가 인사를 했다. 그때 그녀가 미소를 지으며 이렇게 말했다. "불을 피우는 건 참으로 잘하는 일입니다. 우리들 나이에는 그렇게 점차적으로 지옥과 친해져야만 하는 겁니다." 이렇게 우리 두 사람의 대화가 시작되었다. 서로 여러 가지 괴로움과 궁핍한 삶에 대해 불평을 했지만 시종일관 농담조였다. 대화의 마지막에 가서 우리는, 이 모든 사실에도 불구하고 아직 그렇게 무서울 정도로 늙지도 않았으며, 우리 마을에서 가장 나이 많은 백 살 노인이 살아있는 한 제대로 노인으로 취급될 수도 없다는 것을 인정했다.

젊은 사람들은 힘만 세다고 우쭐해서 아무런 예감도 하지 못한 채 우리들을 보고 뒤에서 웃어대고, 겨우겨우 떼어놓는 우리의 발걸음과 다 빠지고 얼마 안 남은 하얀 머리카락과 힘줄만 두드러진 목을 보고 우습게 여기곤 한다. 그럴 때면 우리도 옛날에 똑같이, 힘 세고 우쭐하던 시절에 아무런 예감도 없이 노인의 뒤에서 웃어대던 일을 회상하게 된다. 그러나 우리는 패배하고 정복당한 것이라 생각하지 않고, 오히려 이러한 인생의 단계를 넘어서서 약간이나마 현명해지고, 좀 더 너그러워진 것을 기뻐하는 것이다. —1952

Schnee.

눈.

수채화, 1932년.

아래쪽 중앙 '32년 1월 H.'라는 메모.

Blick nach Porlezza.
포를레차호수를 향한 전망.
　수채화, 1926년.

의사들에 대한 추억

Erinnerungen an Ärzte

로젠가르트 가정

내가 아래쪽 호숫가에 있는 낡은 농가에서 삼 년쯤 지내던 어느 날, 그 마을에 단 하나밖에 없는 정말 초라한 여인숙에서 휴가를 보내던 한 방문객이 나를 찾아왔다. 프랑크푸르트에서 온 요세프 로젠가르트라는 의사였다. 그는 총명함과 기이함이라는 두 가지 특성을 동시에 지닌, 새의 관상을 한 남자였다. 하나의 얼굴에 두 가지 특성이 함께 나타나는 건 매우 드문 일이다. 내가 그를 새의 관상이라고 기억하는 것은 이마 한가운데에 튀어나온 어치 새의 머리깃털을 연상케 하는 그의 머리숱 때문일 것이다.

당시 아직 젊었음에도 불구하고 그의 이마와 얼굴에는 깊은 주름이 박혀 있었다. 얼굴의 골격을 덮고도 피부 살이 많이 남았으며, 그 피부가 움직이면 혹처럼 불룩해지고 주름이 생기면서 그의 인상을 기인처럼 보이게 했다. 그러나 입과 두 눈이 생생하게 더해지면서 매우 상이한 분위기를 보여주는 수단이 되기도 했다. 요철이 심한 주름살 뒤에 박힌 두 눈은 슬픔에 젖은 지혜와 투철한 주의력 그리고 따뜻한 마음씨를 보여주면서 때에 따라서는 장난꾸러기 같은 짓궂음과 익살스러운 해학성을 드러내기도 했다.

로젠가르트 박사가 우리 마을에 잠시 머무는 동안, 사실 나와 별로 가깝게 지내지는 않았다. 그렇지만 훗날 자기가 사는 프랑크푸르트에서 내가 강연한다는 소식을 듣고서는, 로이터가에 있는 자기 집에 묵으라고 초대해주는 정도는 되었다. 나는 이 초대를 받아들였다. 그는 직접 나를 데리러 왔다. 손님이 거처하는 방을 안내받고, 아주 훌륭한 모젤산産 포도주를 대접받았다. 그때야 비로소 박사와 그의 조용하고 마음씨 고운 아내와 두 아들을 알게 되었다. 두 아들은 매우 활달하면서 성격이 상당히 다른 형제였다. 한 명은 매우 지적으로 보였으며, 신학과 인문과학 분야에 관심을 두고 있었다. 다른 아들은 매우 귀염성 있으며 놀기 좋아하고 다른 사람의 마음을 사로잡는 유형이었다. 그들의 침착한 어머니로 인해 가정 분위기는 아늑하고 조용했다. 이 가족은 종종 코모 호수 근처의 트레메조에서 휴가를 보내곤 했다. 우연히 선택한 장소가 아니었다. 트레메조는 천재 시인 브렌타노* 가문의 고향이었으며, 그는 프랑크푸르트에서 괴테 다음으로 높이 존경받고 있었다. 그 당시의 프랑크푸르트여! 여하튼 나는 옛것이 잘 보존된 이 도시를 매우 좋아했다. 매력적이고 고풍스런 거리와 골목길, 처마가 있는 크고 작은 집들과 목재가옥이 들어찬 모퉁이 길, 괴테의 생가와 뢰머의사당, 넓고 맑은 마인강 등으로 말미암아 쾌적하고 신성해 보였다. 프랑크푸르트는 오래전부터 대도시는 아니었지만 당당하고 자랑스러웠다. 유태인 풍의 민주적이고 예술 우호적이며 문화적 의지가 있는 시민정신이 강하게 지배하고 있었다. 두 눈으로 직접 구경하기 전부터 나는 이 도시가 베를린의 황실로부터 거부당하고 기피되었다는 사실 때문에 좋아하고 있었다. 전통 있고 기품 있는 도시를 황제가 혐오한 이유는 현존하는 자유시市로서의 긍지와 독립성, 유태인 정신, 그리고 호엔촐레른가**의 괴테에 대한 이해 부족 때문이겠지만 무엇보다도 중립적이고 시민의 긍지를 지키는 프랑크푸르트

* 브렌타노(1778~1842). 독일의 후기낭만파 시인. 아르님과 함께 가요집『소년의 마적』을 편집했다.
** 1415~1918년까지 존속한 독일의 왕가. 1701년에는 프로이센 왕으로 합스부르크가에 버금가는 세력을 누렸고, 19세기 민족통일의 중심이 되어 1871년에 독일제국의 황제 칭호를 갖게 된다.

신문이 가장 큰 이유였다. 로젠가르트 가문은 프랑크푸르트 신문과 깊은 관계가 있었다. 나는 이런 프랑크푸르트가 전적으로 마음에 들었는데, 이 의사 가족과의 이제 막 싹트는 우정이 더욱 부채질을 했다. 나는 히르쉬그라벤가에 있는 괴테의 생가, 슈테델 박물관, 오페라 등을 자주 관람하면서 이 도시를 좀 더 알게 되었다. 로젠가르트의 아들이 학교에 가지 않는 날이면 집 뒤 정원에서 함께 보키아 공놀이를 했다. 그들은 이 놀이를 트레메조에서 배워왔는데 매우 좋아했다. 또한 나는 여러 번 프랑크푸르트에 체류하면서 훌륭한 사람들을 많이 사귀게 되었다. 신앙심이 깊은 늙은 화가 슈타인하우젠과 그의 가족, 그리고 이제까지 내가 만난 사람 중에서 가장 독립심이 강하고 순수한 화가 오틸리에 뢰더슈타인 등이다. 나는 슈테델 연구소에 있는 그녀의 아틀리에에서 내 초상화를 그려달라 부탁하기도 했고, 타우누스산 발치에 있는 그녀의 집을 방문하기도 했다.

그렇게 몇 년 동안 나는 로젠가르트를 친구이자 후견인으로서, 또 멋지고 위트 있는 대화 상대이자 친절한 호스트로서 친교를 맺어왔다. 그러던 어느 날 나는 그를 의사로서, 또 그는 나를 환자로서 대하게 되었다. 1909년에 나는 북독일 여행을 했다. 당시에 나는 이전에도 몇 번 그랬던 것처럼, 맹장염이리라 짐작되는 불편함을 며칠간 강하게 느꼈다. 집으로 돌아가는 길에 프랑크푸르트에 들러서 이번에는 진찰도 받고 싶다고 친구에게 편지를 썼다. 그가 오라고 했다. 그리고 날 진찰하자마자 무조건 자기와 친한 외과의사에게 수술을 받으라고 조언했다. 나는 동의했고, 곧 병원으로 옮겨져 수술을 받았다. 마취에서 깨어난 직후에 나는 새의 관상을 한 친구의 얼굴이 전보다 더 훌륭해 보였다. 심지어 결코 잊을 수 없으리라는 생각마저 들었다. 나는 멍하니 누워 있었다. 그는 내게로 몸을 굽히고는 근심과 호의와 애정에 찬 표정으로 바라보았다. 이는 우정 같은 것이 아니라, 바로 모성애로 가득 찬 표정이었다. 나는 회복하는 내내, 그리고 그 이후의 인생길을 가면서도 그 표정을 늘 잊지 않은 채 살았다.

친구 로젠가르트가 세상을 떠났을 시점에 이미 히틀러의 갈색 제복을 입은 소년부대가 기세등등하긴 했지만 아직 권력을 잡지는 않았었다. 그래서 그는 존경받는 의사로서 위생고문관이라는 칭호를 단 채 영예롭게 영면했다. 그러나 나는 이제 그의 아들 파울을 생각하지 않을 수 없다. 김나지움 학생 혹은 대학생이었던 1914년, 그는 전쟁터로 끌려 나가게 되었다. 프랑스에서 포로가 되었고 이리저리 수송되다가 네버스에 있는 가장 큰 전쟁포로수용소에 수감되었다. 수감된 다음날, 새로 도착한 포로 명단을 작성하기 위해 점호할 때였다. 어떤 프랑스 예비역 장교가 앞으로 걸어 나오다가 깜짝 놀라며 "로젠가르트!" 하고 소리쳤다. 그 장교는 1914년 여름까지 프랑크푸르트 김나지움의 프랑스어 선생이었고 로젠가르트는 그의 학생이었다. 그 당시 나는 베른에서 독일군 포로들을 위한 서적센터 소장으로 있었다. 그래서 얼마쯤 그 젊은이에게 읽을 거리를 마련해줄 수 있었다. 그는 결국 전쟁에서 살아남았고, 고향으로 돌아가 의학을 공부했다. 의사가 된 후 그는 아리아 혈통의 여자와 결혼했다. 그리고 아버지가 세상을 떠난 다음에 집과 병원을 물려받았다. 나는 다시 한 번 손님으로 그곳에 들렀었다. 그 후 몇 년 지나지 않아 히틀러가 정권을 잡게 되었다. 젊은 의사는 병원과 집과 부인을 남겨둔 채 피신해야만 했으며, 처참한 악몽의 시대를 살아가야만 했다. 제2차 세계대전이 발발하자 그는 프랑스군에 입대했다. 이번에는 프랑스 군인으로서 독일군의 포로가 될 뻔했다. 그러나 다행히도 그렇게 되지는 않았다. 오늘날 그는 슈트라스부르크에서 큰 병원을 운영하고 있으며, 이따금 스위스에 오면 우리집에 방문한다. 그럼 우리는 프랑크푸르트와 그의 부모님, 그리고 우리와 관계된 이런저런 일들에 대한 이야기를 나눈다.

마을의사 방문

1904년 여름 나는 바젤에서 첫 번째 결혼을 했다. 칼브에서 작품을 쓰는 동안 내 신부는 우리가 살 시골집을 구하러 다녔다. 보덴호수 독일 쪽 강변에 있는 조그마한 마을에서 비어 있는 낡은 농가 하나를 찾아냈다. 좀 초라하고 황폐하긴 했지만 아름답고 조용한 집이었다. 그 집에서 유일하게 기분 좋은 것은 오래되고 아름다운 타일 난로였다. 부엌 안에서 불을 땔 수가 있었다. 수돗물은 쓸 수 없었고, 가까운 샘에서 물을 길어와야만 했다. 가스나 전기는 이 지역 전체에 들어오지 않았다. 그리고 이 작은 마을로는 들어오는 것도 떠나는 것도 쉽지 않았다. 교통수단이라고는 호수가 얼거나 폭풍이 몰아치는 날엔 전혀 다니지 않는, 가끔 내왕하는 증기선과 말이 끄는 우편마차가 한 대 있을 뿐이었다. 이 마차는 중간중간 마을마다 오래 멈추곤 하기 때문에 기차역까지 가려면 몇 시간이 걸렸다.

그러나 이것이 바로 우리가 원했던 것들이었다. 소음도 들리지 않고 마법에 걸린 것처럼 은폐된 보금자리. 맑은 공기와 호수와 숲과 가깝고 방 다섯 개가 있는 집 전체의 집세는 연간 백오십 마르크였던 것으로 기억한다. 우리들은 이사하기 여러 날 전에 미리 이삿짐을 부쳤다. 그러나 우리 젊은 부부가 그 마을에 도착해서 집 안으로 들어가려 했을 때, 텅 빈 집 앞에 그냥 서 있어야만 했다. 책 꾸러미 말고는 아무것도 도착하지 않았기 때문이다. 가구도 침대도 없었다. 우리는 기다리는 수밖에 없었다. 우선 여관을 하나 찾아보기로 했다. 저편 스위스 쪽 강변에 있는 여관 하나를 소개받았다. 노 젓는 배로 호수를 건너 환대를 받으며 그곳에 투숙했다. 이렇게 우리의 계획은 시작부터 엉망이 되었다. 아내는 새로 이사해서 집 꾸미는 일을 기대하고 있었다. 나도 서재를 꾸미고 싶었다. 특히 지금까지도 사용하고 있는, 뮌헨에서 주문한 큰 책상이 들어올 것을 기뻐하고 있었다. 그런 일 대신에 우리는 하릴없이 낯선 마을의 여관방에 앉아서 호수 저편의 '우리' 마을을 건너다보는 수밖에 없었다. 종종 조그마한 증기선을 타고 호수를 건너가 보았지만, 갈 때마다 실망뿐이었다. 우리 가구가 도착하지 않았던 것이다. 반쯤은 목가적이고, 반쯤은 로빈슨 크루소풍의 소설처럼 상상했던 새로운 생활의 출발에 무엇인가가 잘못된 것 같았다. 마치 무슨 요괴가 출몰한 것처럼 보였다. 그러나 우리는 젊었고 그런 생각을 금방 쫓아버릴만큼 즐길 거리가 많았다. 사람들은 생생한 현재보다도 그것이 지나간 다음에 더 현명해지는 것 같다. 그리고 기묘한 역사철학자들이 그러하듯이, 체험한 것을 회상하는 과정에서 언젠가 이미 겪었다고 여기는 것과의 연관성을 발견하고 의미를 끌어들인다. 우리는 소풍을 가기도 하고 보트를 타기도 하면서 대체로 즐거운 나날을 보냈다. 잘 가꾸어진 농가의 정원에 만발한 꽃을 관찰하기도 하고, 투르가우 지방의 방언을 연구하기도 했다. 나는 특히 어촌과 수천 개의 말뚝이 박힌 호반, 신비스러운 수류, 끝없이 펼쳐진 갈대밭에 커다란 매력을 느꼈다.

이렇게 집도 없이 놀며 지내던 어느 날, 아내는 허리를 구부리거나 걸을 때 상당한 통증을 느낀다고 말했다. 그때 나는 약간의 불안감을 느꼈다. 아내가 강인하고 참을성 있으며, 엄살 같은 것하고는 거리가 멀다는 것을 잘 알고 있었다. 그녀는 겁도 없었고, 오랜 시간 동안 등산도 잘 했다. 바위에 기어오를 때도 육체적 능력에 있어서 나를 훨씬 능가했다. 이런 점으로 미루어 보아 그녀는 아마 이 통증으로 꽤 오래 괴로워하다가 더 이상 숨길 수 없게 되자 말했을 거라는 생각이 들었다. 나는 즉시 마을에 의사가 있는지를 알아보았다. 다행스럽게도 사람들의 칭찬이 자자한 의사가 한 사람 있었다. 그는 비상할 정도로 사려가 깊은 사람이라고 했다. 놀랄 만큼 많은 사람들을 도와주었고, 가난한 환자한테는 돈을 조금만 받거나 한 푼도 받지 않으며 약까지 지어준다고 했다. 그래서 우리는 그 마을의사 집을 물어서 찾아갔다. 마침 그가 집에 있었다. 그리고 우리를 반갑게 맞아주었다.

고풍스럽고 쾌적한 서재에는 온갖 물건들이 가득 쌓인 책상이 있었다. 거기엔 마음씨 좋고 친절해 보이는 신사 한 사람이 앉아 있었다. 그는 목사나 학자처럼도 보였다. 황혼이 깃든 방안에, 쉽게 잡을 수 있도록 가까이 놓인 여러 가지 약병과 시험관들이 그가 의사라는 것을 상기시켰다. 우리 두 사람은 아직 젊었기에 의사선생님에 대해 어떤 존경심과 겸허한 마음을 지니고 있었다. 그는 우리보다 월등히 나이가 많았고, 우리처럼 어색해하지 않았다. 오히려 쾌활하고, 신뢰할 만한 분위기를 풍겼다. 그 밖에도 그는 꾸밈없는 호의로 우리를 기분 좋게 맞아주며 유쾌한 대화를 유도해내기도 했다. 그러나 우리는 소심하고 약간 겁먹은 태도로 그의 지시에 따라 자리에 앉았다. 대화하는 동안 이런 상태가 계속되었다. 약자인 우리는 긴장하여 자연스럽지 못한 공손한 태도로 의자에 앉았고, 강자인 그는 쾌활한 태도로 우리들과 2~3미터가량 떨어진 채 아버지처럼 안락의자에 편안히 앉아 있었다. 그리고 거리감을 없애려는 우리의 노력에도 불구하고 혼자서 대화를 이끌어갔다. 대화 내용은 날씨라든가 경치, 여관 주위에 있는 관광지, 고기잡이와 과일 수확 등이었다. 중간중간에 아내의 허리 통증에 관해서도 이야기했지만, 그는 별로 대수롭지 않게 여겼다. "그래, 그래요, 젊은 부인들이 이따금 그런 통증을 느끼곤 하지요. 그러나 걱정할 건 없습니다. 아무튼 바를 약을 좀 드리지요. 괜찮을 겁니다." 이런 대화였다. 진찰을 할 때에도 그는 몸을 움직이지 않았다. 왕좌에 앉기라도 한 것처럼 책상 앞에 그대로 앉아 있었다. 마침내 우리는 작별하게 되었다. 그는 일어났고, 오포델도크 한 병을 주면서 마지막으로 이런 말을 던졌다. "기회 있으면 콘스탄츠에 가서 앵스틀러 맥줏집을 찾아가 보시오. 그 집 필스너 맥주가 일품이오. 나무 그늘에 앉아서 맥주를 마시노라면, 새들이 노래를 부릅니다. 마치 군악 협주곡처럼 멋있지요. 라펜* 한 푼도 안 들 정도로 값도 싸고요." 우리는 치료비가 얼마인지 물어보았다. 그리고 상담료와 약값을 포함하여 오 프랑을 지불했다. 그 후 얼마 안 있어 다른 곳에서

* 스위스의 화폐 단위. 백분의 일 프랑의 동전.

아내의 병이 좌골신경통이라는 것을 알았다. 그 병 때문에 그녀는 몇 주나 바젤에 입원했고, 재발로 인해 여러 해 동안 심하게 고생을 했다.

위대한 스타일의 의사

나의 친구가 되었던 의사들 중에 가장 중요한 사람은 알베르트 프라엥켈이다. 의학사에서 그는 1900년경에 최초로 스트로판틴을 정맥 주사한 사람으로 알려져 있다. 고향인 하이델베르크와 바덴바일러에서는 커다란 요양소와 젊고 유능한 의사들을 양성하는 기관을 건립하기도 했다. 제1차 세계대전이 일어나기 몇 년 전이었다. 내가 그와 가까이 지내며 서너 번 손님으로 그를 방문했던 짧은 기간 동안, 프라엥켈은 바덴바일러에서 왕과 같은 존재였다. 사방에서 결핵이나 심장병 환자들이 몰려왔다. 엘사스나 룩셈부르크에서는 호화로운 마차를 타고 왔고, 동부 독일이나 폴란드, 러시아 등에서는 삼 등급 마차들을 타고 왔다. 독일어를 구사할 수 없는 많은 사람들은 마차에 '바덴바일러의 프라엥켈 박사' 또는 '바덴바일러의 파울 빌라'라는 주소를 쓴 판지를 내걸어놓기도 했다. 내가 방문했던 이삼 년간 프라엥켈 박사는 두 명의 의사와 함께 일했다. 그중 한 사람은 파울 빌라라는, 폐병환자를 위한 요양소를 관리했다. 다른 한 사람인 M. 헤딩어 박사는 프라엥켈처럼 개인주택에 살고 있었다. 그리고 한

두 명의 젊은 조수 의사가 프라엥켈의 집 아주 가까이에 살면서 항상 그를 도왔다. 프라엥켈 박사는 몰려드는 환자들을 환영했다. 일부는 빌라에서, 또 일부는 두 개의 조그마한 요양소에서 진료했다. 그리고 일부는 마을에 있는 자기 집에서 맞이하기도 했는데, 그는 하루에도 몇 번씩 경마차를 타고 와 그들을 만나곤 했다. 나는 그와 함께 일하던 두 사람의 의사와도 가까운 사이가 되었다. 그들 헤딩어 박사와 하이네케 박사에 대해서도 아름답고 고마운 추억을 간직하고 있다. 훗날 바덴바덴에서 큰 병원을 개업하고 좌골신경통에 대한 논문으로 유명해진 헤딩어 박사는 내게 잊을 수 없는 은혜를 베풀기도 했다. 처음에 나는 프라엥켈 박사의 친구나 손님으로서가 아니라, 바덴바일러를 찾아온 환자로 혹은 요양객으로 몇 주일동안 헤드비히 빌라에 머물고 있었다. 후에야 비로소 해명이 되었지만, 그 당시 나를 괴롭혔던 여러 가지 일로 말미암아 나는 집을 떠나 바덴바일러의 생기 있고 건강한 분위기를 찾아가게 되었다. 그곳에서는 위대한 의사 말고도 다른 많은 것들이 내 기분을 전환하는 데 효험이 있었다. 나무가 무성한 슈바르츠발트 발치에 놓인 위치, 라인강 계곡 너머 포게센산맥으로 뻗친 드넓은 전망, 부채꽃과 디기탈리스가 울창하게 자란 빈터가 있는 내 고향을 연상케 하는 전나무 숲, 바젤과 프라이부르크에서 가깝다는 점, 또한 알레만 사람들의 특성을 지닌 마을 사람들과 그들의 방언인 헤벨의 사투리가 기분 좋았다. 이 모든 것들에도 불구하고 나는 프라엥켈 박사의 집에서 그의 가족과 함께 지낸 활기 있고 명랑한 시간을 제외하고는 머무르는 몇 주간 기분이 별로 즐겁지 못했다. 사사로운 근심 외에도 주제넘고 오만스러운 빌헬름 2세 시대의 독일제국에 정치적 불안이 점점 커지고 있는 것을 느꼈다. 그것은 오늘날 사람들이 동서 간의 권력집중과 군비증강에 직면하여 느끼는 불안과 거의 흡사하다. 이는 전쟁이 발발하기 이 년 전에 나를 독일에서, 그리고 수많은 의무와 전통으로부터 빠져나오게 했다. 그러나 당시에는 아직 완전히 벗어나지 못했기에 씁쓸하고 소화해낼 수 없는 많은 것들을 씹어 삼켜야만 했다. 그래서 우울과 불만에 찬 날들을 겪게 되었다.

그러던 어느 날 나는 침울한 얼굴을 한 채 헤딩어 박사에게 달려갔다. 그는 어디가 아프냐고 물었다. 흔히 있는 삶에 대한 권태 말고는 다른 아무런 것도 대지 못하자 그는 나를 자기 집에 초대했다. 멋진 그랜드피아노가 있는 음악실로 나를 안내하더니, 의자에 앉으라고 권하고는 반 시간 정도 바흐 음악을 연주해주었다. 그것은 놀랄 만한 치료법이었다.

프라엥켈의 다른 제자로 아주 젊은 조수 하이네케는 후에 발데크 요양소 소장이 되었다. 그는 브람스 음악에 열광했다. '헤드비히 빌라'의 아주 사랑스러운 딸과 약혼한 사이였는데, 그도 똑같이 내게 값진 도움을 준 적이 있었다. 당시 나는 장편소설『로스할데』*를 집필 중이었다. 이 책에서는 재주 있고 사랑스러운 한 소년이 병들어 죽어가는 것을 부부 생활이 시들해지는 것에 비유했다. 하이네케에게 뇌막염이라는 병과 그 증상에 대한 의학적 정보를 부탁했다. 그는 내가 알고자 하는 것을 정확히 이해하고, 아주 인상적인 세부 사항을 몇 가지 설명해주었다. 그 내용을 내 소설에 잘 녹여냈다는 걸 누구나 알 수 있을 것이다.

프라엥켈에 관한 이야기로 다시 돌아가자. 그는 일찍이 결핵으로 쇠약해졌고 건강에 주의하며 살아갈 것을 경고받은 사람이었다. 그러나 그의 업무능력은 정말 기적과도 같았다. 당시에 나는 매일 초인적인 힘을 발휘하며 일하는 이 영구기관과 같은 존재에 대해 곰곰이 생각해보았다. 열두 시간이 넘게 자기 일에 집중하고 난 저녁이면 이 존경스런 사람도 가끔은 완전히 지쳐서 기진맥진해 있는 모습을 보이기도 했다. 밝은 색의 푸른 눈이 희미하다 못해 꺼져버릴 것 같았다. 그러나 다음날 아침에는 일찍 일어나 벌써 그를 기다리고 있는 조수와 환자들 앞에 멀쩡하게 다시 나타나는 것이었다. 내가 가장 놀랍게 생각하는 것은 그의 정신적 솔직함이었다. 그의 솔직한 언행은 매 순간 그의 눈과 귀로 들어오는 모든 문제들, 동료 의사와 간호사들의 보고와

* 헤세가 1912~13년에 집필하여 1914년에 출간한 장편소설이다. 가정생활이 원만하지 못한 어느 화가의 이야기를 다룬다.

질문들, 총명한 환자나 어리석은 환자, 수다쟁이나 과묵한 환자, 성질이 급한 자나 인내심 있는 환자들의 온갖 불평과 호소, 이 모든 것에 활짝 열려 있었다. 점심 때 이런 여러 가지 까다로운 일을 떠나 자기 집 식탁에 앉으면, 조심스럽고 정확한 태도로 가족이나 손님들과 이야기를 나눈다. 다양한 생활 방식, 수많은 양상과 관심사들, 여러 가지 이야기와 운명들이 최소한의 저항감도 없이 그의 마음으로 흘러드는 것 같았다. 그는 이런 것들을 마치 호흡하듯이 자연스럽게 받아들였다. 중요하다거나 의학적으로 관심 있는 것뿐만 아니라 보잘것없는 일, 감동적인 일이나 우스꽝스러운 일에 이르기까지 세심한 주의를 기울이고 기억했다. 세 명의 극작가에 계속 소재를 대어 줄 정도였다. 이렇게 늘 주변을 받아들이며 열려 있는 마음은 의도적이라기보다는 자동적인 것처럼 보였다. 물론 완벽하게 그런 것은 아니었다. 그와 대화하면서 나는 그가 인지한 것을 각 특징에 따라 정리하고 선별하여 세밀히 분류하고 있다는 사실을 알아차렸다. 그래서 우리는 여러 가지 유형의 환자들, 호텔 주인과 셋집 주인, 그리고 특히 의사와 간호사들에 관해 즐거운 대화를 나눌 수 있었다. 우리는 사람들을 특징에 따라 분류하고 이름을 붙이곤 했다. 즉 얌전한 간호사, 경건한 간호사, 감상적인 간호사, 무뚝뚝한 간호사, 익살스러운 간호사, 또는 쾌활한 산파 유형이나 기계적인 조수 유형 등으로 이름 붙였다. 프라엥켈 박사는 매우 관대하고 참을성 있는 사람이지만 유능한 동료에 대해서는 지독하고도 지속적인 반감을 나타내기도 했다. 예를 들어 어떤 동료에 대해 그는 이렇게 말하곤 했다. "그 자는 신학자처럼 보이지요, 헌데 사실이 그렇습니다." 나는 헤드비히 빌라에 머물고 난 직후에 그의 의사로서의 심리를 스케치한 짤막한 단상*을 쓴 적이 있다. 이 단상을 읽고 나서 그는 진심어린 미소를 지으면서 이렇게 말했다. "내가 당신을 휘어잡았다고 생각했는데, 알고 보니 당신이 나를 휘어잡았군요."

1914년 전쟁이 발발한 후 그는 베른에 있는 내게 편지를 보내왔다. 전쟁에 대한 내 입장은 '이성에 기반한 중립'이라 여겨지는데, 그에 반해 자기와 가족들은 '엄격한 민족주의'의 입장이라는 내용이었다. 그는 전쟁 전에서 후까지 자기 조국을 위해서 크게 공헌했다. 전쟁으로 말미암아 그와 나의 관계는 단절되고, 여러 해 동안 나는 그에 관한 소식을 전혀 듣지 못했다. 그 후 1930년대 어느 여름날이었다. 나는 아내와 손님과 함께 몬타뇰라에 있는 우리 집 뒤 숲속의 돌 탁자에 앉아 있었다. 어떤 손님이 찾아왔다는 전갈이 왔다. 손님의 이름을 물어보았다. 노신사인데 이름을 밝히려고 하지 않는다는 것이었다. 그때 방문객은 벌써 너도밤나무 사이로 오솔길을 따라 걸어오고 있었다. 매

* 어느 신사가 요양소에서 지낸 경험을 그린 작품『평화의 집』(1910)을 말한다.

우 수척한 노인으로 머리와 수염이 하얗고 얼굴은 창백했다. "나를 아직 기억하시겠습니까?" 하고 그가 물었다. 바로 프라엥켈 박사였다. 우리는 이십여 년 동안이나 만나지 못했다. 그는 과중하게 일하고 난 저녁에 창백하고 핏기 없는 얼굴로 식탁에 앉아 있던 젊은 날의 모습과 매우 흡사했다. 갈색의 사람들이 그를 죽이지는 않았지만, 그의 명성과 직무, 그의 명예와 품위를 모두 빼앗아갔다. 그 점에 대해서 그는 많은 말을 하지 않았다. 제2차 세계대전은 더는 겪지 않아도 될 일이었다.

나의 할아버지

나의 할아버지 중 한 분도 의사였다. 발트 지방 출신인 친할아버지다. 그는 1802년 도르파트에서 태어났고 일찍이 아버지를 여의었다. 어머니와 자기 뜻에 따라 신학자가 되려 했다. 그는 재주가 있고 쾌활했으며 경솔하다는 평가를 받고도 별로 힘들이지 않고 김나지움을 졸업했다. 그러나 마지막 해에는 대학생들이나 방종한 학생들과 심할 정도로 어울려 다녀서 선생님들 중 한 분이 그에 대한 벌을 주려고 별렀다. 졸업 시험인 그리스어 시험에서 그 선생님은 할아버지에게 비상할 정도로 까다로운 질문을 했다. 지식에 관한 한 할아버지는 훌륭한 학생이었다. 그러나 그리스어가 매우 다양하고 복잡한 언어라는 것은 누구나 아는 사실이다. 아무리 준비를 잘한 수험생일지라도 헐뜯기로 작정한

Roccolo in Montagnola.
몬타뇰라 산중의 오두막집.
1928년.

시험관이 이런저런 희귀한 단어와 복잡한 부정과거에 관해서 묻는다면 제대로 답변하지 못한다. 그래서 할아버지는 그리스어에서 A가 아니라 B학점을 받게 되었다. 그러나 신학을 전공하기 위해서는 필수적으로 A학점을 받아야만 했다. 시험이 끝나자 그는 즉시 입학 허가를 받기 위해 대학으로 달려갔다. 그러나 학장은 그에게 신학전공으로는 입학을 허가할 수 없다고 했다. 반세기가량 지나서 쓴 그의 회고록에는 다음과 같은 글이 실려 있다. "그래서 나는 다급하게 의학전공 학생으로 입학 허가를 받았다. 내 일생을 좌우한 아주 중요한 결정이 이런 식으로 매우 경솔하게 내려졌다. […] 나는 펄쩍펄쩍 뛰어 집으로 달려왔다. 이미 새로 만들어 준비해 두었던 금색 레이스가 달린 초록색 여름 예복을 입고서는 어머니와 누이 앞에 대학생으로 신고를 했다."

1826년에 그는 의사시험을 치렀다. 그 당시 의사시험은 오늘날보다는 단순했다. 구술시험부터 시작되었는데, 학생들이 집에서 대기하고 있으면 학교 직원이 정중하게 모시러 왔다. 구술시험은 두 시부터 밤 열 시까지 오후 내내 진행되었다. 교수들 중 두 사람은 라틴어를 사용했고, 중간중간에 음료와 다과도 제공되었다. "나는 한두 번쯤 포도주를 한 모금씩 마시곤 했다." 구술시험이 끝난 후에 필기시험이 있고, 외과 수술과 해부학적 시범도 있었다. "모든 것이 즐겁게 진행되었고, 시험은 합격이었다. 아, 정말 기쁜 일이었다. 제일 좋았던 것은 사랑하는 어머니

께서 기뻐하신다는 점이었다." 그런데 그 착한 어머니는 곧 돈을 긁어모아야만 했다. 왜냐하면 아들이 '조국'의 이곳저곳을 여행하기로 결심했기 때문이다. 그 당시의 조국이란 그를 비롯한 모든 발트 출신의 사람들에게 독일을 의미했다. 조그마한 돛단배를 타고 폭풍과 추위를 감내하면서 그는 나흘 만에 덴마크에 도착했다. 처음에 그는 화려하고 아름다운 코펜하겐을 보고 매우 감탄했다. 그러나 그가 수공업공장 직공처럼 보이는 허름한 여행용 복장에 배낭을 짊어지고 도르파트에서 가져온 추천서를 가지고 그곳 교수들을 찾아갔을 때, 교수는 냉담하고 경멸하는 듯한 태도로 그를 맞았다. 그는 다음과 같이 기록하고 있다. "난 그들을 그냥 내버려두었다. 그리고 나머지 추천서들은 모두 불속으로 던져버렸고, 내 환상을 접었다. 그리고 멋있는 옷을 맞춰 입었다." 그는 처음으로 증기선을 보았고 거기에 탔다. 킬이나 함부르크에서 병원을 찾아가 수술하는 것을 도울 수도 있었다. 소개받은 의사나 신학생을 찾아가기도 했다. 배낭을 등에 걸머지고 걸어서 북독일 절반쯤을 돌아다녔다. 바트 퓌르몬트에서는 도박장을 구경하고, 거기에서 이탈리아까지 가는 여비를 벌 수 있으리라는 엉뚱한 생각에 사로잡히기도 했다. 그렇지만 돈을 잃기만 했다. 그러고 나서 괴핑엔까지 계속 걸어갔고, 다시 하르츠산맥을 향해 걸어갔다. 유명한 브록켄 여관에서는 많은 여행자들을 만나기도 했다. "우리는 잠자리에 들었다. 그러나 세 시에 다시 일어났다. 일출을 구경하기 위해서였다. 그러나 나는 이보다 더 너절한 것을 본 적이 없다. 모두 다 잠이 가득한 눈빛이었다. 모두가 절망적인 야간 화장을 한 모습으로 밖으로 몰려나왔던 것이다. 밖은 무섭게 추웠고, 준비된 모피 외투도 없었다. 해는 이미 떠올라 식당 현관에 걸려 있었다. 그러나 안개 때문에 별로 아름답게 보이지 않았으며, 태양도 혹한과 피로로 괴로워하는 것 같았다."

나는 할아버지 회고록의 필사본을 가지고 있다. 이 정열적이고 원기 왕성한 젊은이는 삶에 대한 애착과 천진난만한 믿음으로 가득 찬 경건함을 지니고 있었다. 그런 그가 의사가 되고 자선가가 되었으며, 때로는 당당한 재산을 지니고 에스토니아의 조그마한 도시와 주변의 방대한 지역을 지배하는 폭군이 되기도 했다. 그는 나이가 들어서도 정열적이고 쾌활하고 믿음이 강하고 원기 왕성한 사람으로 살았다. 83세에는 가지를 자르려고 나무에 올라가 톱질을 하다가 톱과 함께 떨어지기도 했지만, 상처 하나 입지 않았다. 그는 자기가 살던 도시 바이센슈타인에 고아원을 하나 짓기도 했다. 라인 지방의 포도주로 파티를 열고 시구로 된 즉석연설을 하는가 하면, 기도 모임을 갖기도 했다. 모든 것을 불쌍한 사람들에게 나누어 주기를 좋아했다. 그래서 사람들은 그를 '자선 의사'라고 불렀다. 그의 가족들에게는 성가신 일이었겠지만, 가난한 환자들을 계속해서 집으로 데리고 와서는 일주일에서 한 달씩 자기 집에서 돌보아주곤 했다. 의사로서 그는 꼼꼼한 편은 못 되었다. 열쇠로 썩은 이를 뽑아내기도 하고, 마취도 시키지 않은 채 조수도 없이 대담하게 수술을 하기도 했다.

그는 거친 삶을 살며 다른 사람들과 소박한 관계를 맺었다. 세 여자와 결혼을 했고, 그들 장례를 치렀다. 그는 러시아의 왕실 의사로서 또 추밀원 고문관으로서, 정부의 규정이나 경고가 그다지 소용없거나 해롭다고 생각되면 이를 전혀 개의치 않았다. 이 사나이는 고령에 이르기까지 삶에 대한 기쁨과 믿음과 권위와 사랑의 빛을 발하며 살았다. 그는 94세까지 살았다. 죽는 해에야 비로소 인생을 피곤하고 슬픈 것이라 느꼈다. 모니카 후니우스라는 그의 조카딸이 1921년에 『나의 아저씨 헤르만』이라는 제목으로 매우 재미있고 감동적인 책을 출판했다(하일브론의 잘처 출판사에서 발행되어 거듭 재판되었지만 지금은 유감스럽게도 절판되었다). 할아버지의 총아였던 그녀는 책에서 할아버지와 할아버지가 살던 집에 대해 회상했다. 나도 마울브론에서 학교를 다닐 때, 89세 된 할아버지로부터 몇 장의 편지를 받았다. 그의 생애에 대해서 이야기하려면 책 한 권을 써야 될 것이다. 나는 다만 그에 대한 일화 한 가지만 여기 덧붙이고자 한다.

취리히와 비엔나까지 갔던 그의 방대한 독일 여행은 열다섯 달이 걸렸다. 뤼벡에서 리가까지 돌아오는 데 조그마한 돛단배로 십이 일이나 걸렸다. 그곳 리가에서는 엄청난 일이 그를 기다리고 있었다. 이에 대해 그는 다음과 같이 기록하고 있다.

"나는 토요일 아침 일찍 출발할 수 있도록 우편마차를 예약했다. 출발은 확정되어 있었다. 그런데 금요일 저녁에 쿠어란트*에서 온 내 친구의 처남이 제니 라스라는 막내 처제를 데리고 왔다. 그녀가 나타남으로써 내 안에 준비되어 있던 불꽃이 타올랐다. […] 제니는 1807년에 태어났는데, 오남매 중 막내였다. […] 더 이상 무슨 말을 할 수 있단 말인가? 나는 우편마차를 취소했다. 일요일에 우리는 친한 친구의 작은 농장으로 갔다. 월요일에는 내 마음에 숨통을 틔워주려고 외딴곳을 찾아갔다. 나는 내 마음이 어찌된 것인지를 몰라서 실컷 울었다. 이래야 하나? 이래도 될까? 그러나 나는 그녀로부터 헤어날 수가 없었다. 제니 이외에는 아무 생각도 할 수 없었다. 하지만 어떻게 하면 그녀와 단둘이 만날 수 있을까? 이건 고통스런 이야기였다. 왜냐하면 뒤로 미루거나 기다릴 수가 없었다. 나는 다른 지방에 살며, 집으로 돌아가야만 하고 리가에 다시 올 가능성이 없기 때문이다. 가능하면 지금 이 순간에 선택해야만 한다. 침착하게 심사숙고하는 것은 불가능하다. 사귀어본다? 그렇다면 시간적 여유와 차분한 교제가 필요하다. 그러나 지금 나는 사랑의 불길과 조급한 마음뿐이다.

* 라트비아 남부의 지역 이름.

마침내 수요일 저녁에 산책할 기회가 생겼다. 테레제와 몇 명의 아이들, 그리고 제니와 내가 아름다운 뵈르만쉔 농원으로 놀러갔다. 그곳에서 우리는 꼬불꼬불한 산을 오르게 되었다. 꼭대기에서 나는 제니에게 아래까지 누가 빨리 뛰어 내려가는지 경주하자고 제안했다. 제니가 먼저 뛰어갔고, 내가 그 뒤를 따라갔다. 우리는 곧 아름다운 산속의 움푹 들어간 어두운 동굴 앞에 마주서게 되었다. 절호의 찬스였다! 나는 그녀의 손을 잡고 물었다. "제니, 나와 결혼해주겠어?" 그러나 조용히 이야기를 나누고 대답을 들을 만한 장소가 여기 어디 있단 말인가? 금세 우리를 뒤따라온 다른 사람들과 합류해야만 했고, 우리는 아무 일도 없었던 것처럼 행동했다. 이런 상태로 집으로 돌아왔다. 나는 발코니에 앉아서 황혼이 깃든 강물과 다리와 시내를 내려다보았다. 우수에 잠긴 사나이로다! 그동안 제니는 언니와 이야기를 나누다가 살며시 내게로 다가와 손을 어깨에 올려놓았다. 나는 그녀를 품에 꼭 껴안고, 입을 열지 못하게 했다. 나는 사랑의 행복에 도취되었다. 이렇게 해서 지금까지의 내 인생과 그리움과 노력에 있어서 최고점을 이룩하게 되었다." —1952

Tessiner Dorfmotiv
테신주의 마을.
1923년 8월.

수록 작품 출처

1 Hermann Hesse: Gesammelte Schriften. Bd. VII, Berlin und Frankfurt a. M. 1957.
   「나의 애독서 *Lieblingslektüre*」 S. 417-421;
   「노년기 *Über das Alter*」 S. 876-879.

2 Hermann Hesse: Prosa aus dem Nachlass. Hrsg. von Ninon Hesse. Frankfurt a. M. 1965.
   「어느 주정뱅이의 하루 *Rembold oder der Tag eines Säufers*」 S. 429-440.

3 Hermann Hesse: Das erste Abenteuer. Erzählungen. Ausgew. und mit einem Essay von Volker Michels. Reinbek bei Hamburg 1975.
   「최초의 모험 *Das erste Abenteuer*」 S. 85-88.

4 Hermann Hesse: Die Kunst des Müßiggangs. Kurze Prosa aus dem Nachlass. Hrsg. und mit einem Nachwort von Volker Michels. 4. Aufl., Frankfurt a. M. 1976.
   「유년 시절의 어느 인간 *Eine Gestalt aus der Kinderzeit*」 S. 22-26;
   「잠 못 이루는 밤 *Schlaflose Nächte*」 S. 41-45;
   「어느 젊은이의 편지 *Brief eines Jünglings*」 S. 54-58;
   「어느 소나타 *Eine Sonate*」 S. 59-64;
   「처형 *Die Hinrichtung*」 S. 98-99;
   「화가 *Der Maler*」 S. 180-184;

「잃어버린 주머니칼 *Das verlorene Taschenmesser*」 S. 209-213;

「침대 속에서의 독서 *Lektüre im Bett*」 S. 314-318.

5 Hermann Hesse: Kleine Freuden. Verstreute und kurze Prosa aus dem Nachlass. Hrsg. und mit einem Nachwort von Volker Michels. Frankfurt a. M. 1977.

「니코바르섬들 *Die Nikobaren*」 S. 90-95;

「짐 꾸리기 *Kofferpacken*」 S. 208-213;

「알프스에서의 체험 *Erlebnis auf einer Alp*」 S. 296-298,

「책상 앞에서의 시간들 *Stunden am Schreibtisch*」 S. 302-308;

「의사들에 대한 추억 *Erinnerungen an Ärzte*」 S. 361-374.

6 Hermann Hesse als Maler. Vierundvierzig Aquarelle. Ausgew. von Bruno Hesse und Sandor Kuthy. Mit einem Text von Hermann Hesse. Frankfurt a. M. 1977.

「저녁 구름 *Abendwolken*」 S. 25-30;

「수채화 *Aquarell*」 S. 9-14;

「빨간 물감이 없이 *Ohne Krapplack*」 S. 43-48;

「늦여름 꽃들 *Spätsommerblumen*」 S. 62-64;

「회화가 주는 기쁨과 고민 *Malfreude, Malsorgen*」 S. 51-58;

「이웃사람 마리오 *Nachbar Mario*」 S. 67-74;

「시골로의 귀향 *Rückkehr aufs Land*」 S. 77-80;

「뮌헨에서의 그림 구경 *Bilderbeschauen in München*」 S. 83-90.

도판 출처

1 Hermann Hesse als Maler. Vierundvierzig Aquarelle. Ausgew. von Bruno Hesse und Sandor Kuthy. Mit einem Text von Hermann Hesse. Frankfurt a. M. 1977.

<몬타뇰라 산중의 오두막집 *Roccolo in Montagnola*> S. 11;

<해바라기가 피어 있는 테신의 마을 *Tessiner Dorf mit Sonnenblumen*> S. 15;

<카무치 별장 *Casa Camuzzi*> S. 27;

<미누시오에 있는 헤세의 방 *Hesses Zimmer in Minusio*> S. 37;

<나무들 뒤의 가옥들 *Häuserreihe hinter Bäumen*> S. 41;

<취리히 근교에서의 모티브 *Motiv bei Zürich*> S. 53;

<책들이 놓인 의자 *Stuhl mit Büchern*> S. 55;

<백일초 꽃다발 *Zinnienstrauß*> S. 63;

<종려나무가 있는 오두막집 *Hütte mit Palmen*> S. 91;

<포를레차호수를 향한 전망 *Blick nach Porlezza*> S. 95;

<가면무도회 *Maskenball*> S. 113;

<테신주의 마을 *Tessiner Dorfmotiv*> S. 119.

2 Hermann Hesse Tessin. Betrachtungen, Gedichte und Aquarelle. Hrsg. von Volker Michels. Frankfurt am Main und Leipzig 1993.

<테신주 산악 마을 앞의 여름 초원 *Sommerwiese vor einem Tessiner Bergdorf*> S. 29;

<몬타뇰라의 집들 *Häuser in Montagnola*> S. 53;

<밤나무 숲속의 포도주 저장소 *Grotto im Kastanienwald*> S. 65;

<로카르노의 밤 *Locarno bei Nacht*> S. 93;

<아그라 교회 *Die Kirche von Agra*> S. 99;

<겨울 아침 *Wintermorgen*> S. 123;

<포를레차를 향한 전망 *Blick nach Porlezza*> S. 159;

<책들이 있는 실내 장식 *Interieur mit Büchern*> S. 183;

<헤세의 화실 앞 베란다가 있는 로사 별장의 앞마당 *Vorplatz der Casa Rossa mit der Veranda vor Hesses Atelier*> S. 195;

<꿈속의 정원 *Traumgarten*> S. 297;

「테신주 숲속 포도주점 앞에서의 여름 밤 *Sommerabend vor einem Tessiner Waldkeller*」이란 시. S. 309.

3 Hermann Hesse als Maler in der Natur. Mazzotta(Museo Montagnola) 1999.

<맑은 날 *Klarer Tag*> S. 68;

<목련꽃 *Magnolie*> S. 112;

<숲속의 농가 *Bauernhaus in Wald*> S. 118;

<눈 *Schnee*> S. 121;

<겨울 *Winter*> S. 125.

헤르만 헤세 연보

1877 7월 2일 독일 남부 뷔르템베르크주의 소도시 칼브에서 요한네스 헤세와 마리 헤세 사이에 장남으로 태어남.

1881~86 부모와 함께 스위스 바젤에 거주.

1886~89 가족이 고향 칼브로 돌아오며, 헤세는 실업학교에 입학.

1890~91 괴핑겐에서 라틴어학교에 다님. 뷔르템베르크 주정부 장학생 시험에 합격.

1891~92 마울브론 신학교에 입학. 7개월 후 신학교를 도망쳐 나옴.

1892 바트 볼에 있는 블룸하르트 목사의 병원에서 치료. 6월에 짝사랑으로 인한 자살 기도. 슈테텐 정신병원에서 요양.

1892~93 칸슈타트 김나지움(인문 중고등학교)에 다님. 학업 중단하고 서점판매원 수업.

1894~95 칼브의 페로 탑시계공장 견습공으로 근무.

1895~98 튀빙겐의 헤켄하우어 서점 판매원 및 서적 분류 조수로 근무. 98년 10월 첫 시집 『낭만의 노래』 발표.

1899 스위스 바젤로 이주. 산문집 『한밤중 후의 한 시간』 출간.

1901 첫 번째 이탈리아 여행. 『헤르만 라우셔의 유작과 시』 발표.

1902 어머니에게 헌정한 『시집』 발표. 출간 직전에 어머니 사망.

1903 두 번째 이탈리아 여행.

1904 『페터 카멘친트』 발표. 비엔나 농민상 수상. 마리아 베르누이와 결혼. 보덴호수 근교의 가이엔호펜으로 이주.

작가로서 여러 신문과 잡지에 기고.

1905 첫째 아들 브루노 출생.

1906 『수레바퀴 아래서』 발표.

1907~08 단편집 『이 세상』, 『이웃 사람들』 발표.

1909 둘째 아들 하이너 출생. 스위스의 취리히, 독일, 오스트리아 등으로 강연 여행.

1910 장편 『게르트루트』 발표.

1911 셋째 아들 마르틴 출생. 시집 『도중에서』 발표. 인도 및 동남아시아 여행.

1912 단편집 『우회로』 발표. 스위스의 베른 근교로 이주.

1913 동방여행기 『인도여행』 출간.

1914 장편 『로스할데』 출간.

1914~19 독일, 스위스, 오스트리아 신문과 잡지에 반전反戰의 정치 기사와 논문, 경고의 호소문, 공개서한 발표.

1915 소설 『크눌프』 발표. 시집 『고독자의 음악』, 단편집 『청춘은 아름다워라』 출간.

1916 아버지 사망. 부인의 정신분열증과 막내아들 마르틴의 발병. 칼 구스타프 융의 제자 J. B. 랑 박사에게 정신의학적 치료 받음.

1919 『차라투스트라의 귀환』 발표. 테신주 몬타뇰라의 카무치 별장에 거주. 수채화를 그리기 시작. 장편 『데미안』 익명으로 발표. 단편집 『작은 정원』, 『동화집』 출간.

1920 시집 『화가의 시』, 단편집 『클링소어의 마지막 여름』, 여행소설 『방랑』 발표.

1921 퀴스나흐트에서 칼 구스타프 융에게 정신분석 받음.

1922 소설 『싯다르타. 인도의 시』 발표.

1923 첫 번째 부인 마리아 베르누이와 이혼.

1924 스위스 국적 다시 취득. 작가 리자 벵거의 딸 루트 벵거와 재혼.

1925 소설 『요양객』 발표.

1926 여행기 『그림책』 발표. 유태계 예술사가 니논 돌빈과 사귐.

1927 장편 『황야의 이리』 발표. 두 번째 부인 루트 벵거와 법적 이혼.

1930 소설 『나르치스와 골드문트』 발표.

1931 니논 돌빈과 결혼.

1932 『동방순례』 발표.

1932~43 장편 『유리알 유희』 집필.

1934 스위스 작가협회 회원이 됨. 시선집 『생명의 나무에서』 출간.

1935 중단편집 『우화집』 발표. 동생 한스 자살.

1936 고트프리트 켈러 문학상 수상.

1939~45 나치 관청이 책 출간을 금지함. 수르캄프와의 합의 하에 단행본 『헤세 전집』을 취리히의 프레츠와 바스무트 출판사에서 간행키로 함.

1942 최초의 시 전집 『시집』 취리히에서 출간.

1943 만년의 대작 『유리알 유희』 2권으로 출간.

1946 수상집 『전쟁과 평화』 발표. 다시 독일 수르캄프

출판사에서 책을 간행하게 됨. 프랑크푸르트 시市 괴테문학상 수상. 노벨문학상 수상.

1947 베른대학교 철학부에서 명예박사학위 수여. 고향 칼브의 명예시민이 됨.

1950 빌헬름 라베 문학상 수상.

1951 『후기 산문집』, 『서간 선집』 발표.

1952 75회 탄생일 기념 6권으로 된 『헤세 전집』 출간.

1955 독일 서적협회의 평화상 수상.

1957 『헤세 전집』 7권으로 증보 출간.

1961 시선집 『단계』 출간.

1962 몬타뇰라의 명예시민이 됨. 8월 9일 뇌출혈로 별세. 성 아본디오 묘지에 안장.

옮긴이 이인웅   한국외국어대학교를 졸업하고 뮌헨대학교, 뷔르츠부르크
대학교에서 수학하여 문학박사 학위를 받았다. 1973년부터
한국외대에서 학생들을 가르쳤으며 한국외대 통번역대학원장, 부총장,
한국헤세학회 회장, 한국독어독문학회 회장을 역임했다. 지은 책으로는
『현대독일문학비평』, 『헤세와 동양의 지혜』, 『파우스트 그는 누구인가?』
등이 있고 옮긴 책으로는 헤르만 헤세의 『데미안』, 『싯다르타』, 『인도여행』,
『황야의 이리』, 『헤세시선』 그리고 괴테의 『젊은 베르테르의 슬픔』,
『파우스트』 등 50여 권이 있다.

최초의 모험

헤르만 헤세 지음
이인웅 엮고 옮김

초판 1쇄 발행   2020년 6월 15일

발행인   홍성택
책임편집   양이석
편집   김유진
디자인   김서영
마케팅   김영란
인쇄제작   정민문화사

ISBN 979-11-86198-63-6

(주)홍시커뮤니케이션
서울시 강남구 봉은사로74길 17
(삼성동 118-5)
T. 82.2.6916.4481
F. 82.2.6919.4478
editor@hongdesign.com
hongc.kr

이 도서의 국립중앙도서관
출판예정도서목록(CIP)은
서지정보유통지원시스템
홈페이지(http://seoji.nl.go.kr)와
국가자료종합목록시스템(http://
www.nl.go.kr/kolisnet)에서
이용하실 수 있습니다.
(CIP제어번호: 2020020188)